La memoria

657

DELLA STESSA AUTRICE
in questa collana

Giorno da cani
Messaggeri dell'oscurità
Morti di carta
Riti di morte
Serpenti nel Paradiso
Un bastimento carico di riso
Nido vuoto
Il silenzio dei chiostri

nella collana «Il contesto»

Una stanza tutta per gli altri
Vita sentimentale di un camionista
Segreta Penelope
Giorni d'amore e inganno

Alicia Giménez-Bartlett

Il caso del lituano

Traduzione di
Maria Nicola

Sellerio editore
Palermo

e-mail: info@sellerio.it
www.sellerio.it

2009 Decima edizione

Giménez-Bartlett, Alicia <1951>

Il caso del lituano / Alicia Giménez-Bartlett ; traduzione di Maria Nicola. Palermo : Sellerio, 2005.
(La memoria ; 657)
EAN 978-88-389-2055-4
I. Nicola, Maria.
863.64 CDD-20

CIP - *Biblioteca centrale della Regione siciliana «Alberto Bombace»*

Titoli originali: *El caso del lituano, Muerte en el gimnasio, La voz de la sangre*

Al lettore italiano

I racconti che avete fra le mani sono stati scritti per un quotidiano spagnolo che li pubblicò per tre anni consecutivi durante la settimana centrale del mese di agosto. Avevo accettato quell'incarico perché era pagato molto bene e perché non avevo mai scritto racconti che avessero Petra come star e protagonista.

Vi confesserò che il formato e le consuetudini letterarie che regolano il racconto mi risultano straordinariamente difficili. Il mio terreno, senza dubbio, è il romanzo, nella cui estensione mi muovo con maggiore agio. Pungolata forse dalla paura della mia stessa limitazione, ho cominciato a scrivere con impegno. La difficoltà era accresciuta dal fatto che il capitoletto giornaliero doveva avere un principio che invitasse alla lettura e un finale che lasciasse al lettore la voglia di sapere come continua la storia. Il lettore di un quotidiano non è come il lettore di un libro. Non ha compiuto quell'atto di volontà che è implicito nel fatto di scegliere un libro di un determinato autore. In ogni momento, può smettere di leggere, cosa che, naturalmente, non andava bene alla redazione del giornale, e neppure a me. Poteva perfino darsi il caso che un potenziale nuovo lettore perdesse ogni desiderio di conosce-

re i miei detective Petra e Garzón se la qualità del racconto non gli fosse parsa all'altezza.

Insomma, più di una volta mi pentii di avere accettato quella sfida, e fui tentata di rinunciare. Ma alla fine (uno scrittore è sempre molto masochista), mi armai di coraggio e riuscii a scrivere un racconto che non era poi così male. L'accoglienza del pubblico fu buona, e l'incarico si ripeté, finché il giornale non smise di proporre racconti estivi. Questo mi dimostrò che bisogna essere coraggiosi nella vita, e che Petra e il suo amato collega potevano pure indossare abiti un po' più stretti di quelli che portano di solito.

Questi racconti non verranno pubblicati, né in Spagna, né in altri paesi, in forma di libro. Solo i lettori italiani li vedranno in questa veste. Ciò non si deve soltanto a questioni di diritti e di contratti, ma alla dichiarazione d'amore che mi avete rivolto voi, in Italia. Approfitto di queste righe per rendere pubblica la mia risposta: «Signori, potete star sicuri che anch'io vi amo. Il prossimo passo non è che il matrimonio. Decidete voi la data, la mia risposta sarà sempre: Sì».

ALICIA GIMÉNEZ-BARTLETT

Barcellona, giugno 2005

Il caso del lituano

Il caso del lituano

1

Di solito mi divertono le battute di Garzón, anzi, quasi sempre. In genere prende spunto, con umorismo crudo, dai casi a cui stiamo lavorando. Niente da obiettare. Ormai non esiste più nulla di sacro a questo mondo, e non vedo perché debba essere considerato tale l'esercizio della nostra professione. Eppure, nella primissima fase di un'indagine per omicidio, con il cadavere ancora steso nel luogo del delitto, la sua ironia mi mette un po' a disagio. Sarà che ha più esperienza di me, e quindi anche la pellaccia più dura.

Quella mattina, aprendo il passaporto del tizio che avevamo appena trovato secco, gli saltò in mente di dire: – Rimantas. Ma che diavolo di nome è, Rimantas? Incredibile! Se lo immagina uno con un nome così, qui in Spagna? Non la finirebbero più di prenderlo in giro: Rimantas, sei *un manta*! Rimantas *el esgarramantas*.[1] Una battuta dopo l'altra.

Sì, me lo immaginavo, lo stesso genere di battute che stava facendo lui con «el manta» rapidamente avviato

[1] *Manta*: letteralmente «coperta», è un equivalente del nostro «poltrone». Persona pigra, che non si muove, che non ha voglia di lavorare. *Esgarramantas* (regionalismo aragonese): pezzente, balordo.

al rigor mortis. Lessi i dati del morto sperando che le spiritosaggini del mio sottoposto fossero finite lì. «Rimantas Laztsdelis. Nazionalità lituana. Nato il 20 luglio 1967». Guardai il cadavere. Era un biondo longilineo, di corporatura atletica, in abiti sportivi con mocassini ai piedi. I tratti del volto non si vedevano molto bene perché il proiettile che l'aveva ucciso gli aveva spappolato parte di una guancia e il naso. Nella mano destra, rigida come un uncino, c'era una pistola.

– E allora? – mi chiese Garzón, ansioso che lo mettessi a parte delle mie prime impressioni.

– Be', tutto sembra indicare che abbia cercato di assalire qualcuno con l'arma in pugno, che ci sia stata una colluttazione, e che lo sparo sia partito nella direzione sbagliata.

– Giusto. E che quel qualcuno se la sia data a gambe, dimostrando di non avere la coscienza a posto. Di certo non era un normale cittadino.

– Perché, i cittadini normali hanno la coscienza a posto, secondo lei?

– Abbastanza da chiamare la polizia e riferire il fatto. Se uno subisce un tentativo di rapina, si vede spianare davanti una pistola e ha pure il fegato di cercare di strapparla al suo assalitore, la cosa più logica è che denunci il fatto.

– Intende dire che chi ha fegato ha la coscienza a posto?

Mi guardò storto.

– Caro il mio capo, non mi faccia dire quello che non ho detto, lei sa benissimo che cosa intendo.

– E non sarà che la nazionalità del morto, un immigrato dell'Est, le fa immediatamente pensare a rapine e regolamenti di conti? Voglio dire, non starà applicando pregiudizi xenofobi alle sue deduzioni?

– Senta, Petra, non cominciamo! Se la balistica ce lo conferma, quest'angioletto è stato ucciso con la pistola che aveva in mano, e uno che se ne va in giro con la pistola, da qualunque paese venga, ha una storia dietro.

– Tutti abbiamo una storia dietro, a volte anche più losca del peggior regolamento di conti.

Garzón sbuffò, irritato. Mi diverte moltissimo mandarlo fuori dai gangheri, per me è come uno sport, oltre che il modo migliore per fargli abbassare la cresta quando è troppo sicuro di qualcosa.

Il medico legale, indaffarato col morto ai nostri piedi, assisteva alla nostra conversazione un tantino perplesso. Alzò un dito per chiedere la parola.

– Se avete finito di discutere, ne approfitterei per dirvi che questo signore è morto intorno all'una di notte. Il colpo che gli ha fatto saltare mezza faccia è stato sparato quasi a bruciapelo, di modo che questa, quasi sicuramente, è l'arma omicida. Ci sono i segni di una colluttazione, che però non può essere durata a lungo, o comunque non è stata molto violenta. Questo è tutto quanto posso ricavare da una prima osservazione, i risultati dell'autopsia li avrete fra una settimana. E ora, se volete, potete continuare a far della filosofia.

Era chiaro che il nostro piccolo dibattito deduttivo gli era sembrato una sfilza di scempiaggini; non si era nemmeno fatto scrupolo di farcelo capire. Ma si sa che i medici legali sono piuttosto intolleranti, è tipico di chi tratta con pazienti che non hanno la possibilità di protestare.

Ci spostammo un po' lungo la via, che era una traversa della Diagonal, in una zona di uffici. Lì, praticamente, non abitava nessuno. Il corpo si trovava a una ventina di metri dall'ingresso di un parcheggio sotterraneo. Il custode, in servizio al momento dei fatti, non aveva visto niente, non aveva sentito niente, e nemmeno ricordava se qualche macchina avesse lasciato il parcheggio intorno all'ora del delitto. Stava facendo un giro ai piani inferiori per accertarsi che tutto fosse in ordine, aveva detto. Va' a sapere! Secondo il viceispettore, diffidente fino al midollo, probabilmente stava dormendo come un ghiro nel suo gabbiotto o chiuso in macchina. Ci facemmo consegnare la videocassetta che riportava tutti i movimenti di ingresso e di uscita. Se l'assassino fosse entrato nel parcheggio prima di essere aggredito da Rimantas, la sua macchina avrebbe dovuto trovarsi ancora lì.

Fortuna volle che saltasse fuori una testimone. Dolores Ortega, addetta alle pulizie negli uffici di una compagnia assicurativa, si avvicinò al nostro piccolo assembramento poliziesco per informarci che, intorno all'una di notte, aveva sentito dei rumori, da lei subito identificati come spari.

– Si è affacciata alla finestra per guardare?

Gli occhi stanchi della donna presero vita per guardarmi increduli.

– Io?

– Non ha detto di aver sentito degli spari?

– Appunto! Non sono così curiosa da rischiare la vita. E meno male che non ho guardato, perché se avessi visto l'assassino adesso mi toccherebbe dirlo, così lui verrebbe a cercarmi e due spari me li beccherei anch'io!

Quella risposta metteva in chiaro due cose. Primo: che il viceispettore aveva torto. In caso di delitto, il cittadino normale tende a darsela a gambe per non mettersi nei guai. Secondo: il popolo spagnolo vede troppi telefilm americani.

Comunque, un'informazione l'avevamo ricavata: gli spari erano stati due. Uno dei proiettili era finito dentro il cranio del lituano. E l'altro? L'assassino era ferito? Questo ci avrebbe facilitato enormemente le cose, perché chi è ferito di solito finisce all'ospedale, e gli ospedali avvertono la polizia. Garzón corse a informarsi, mentre io ordinavo agli agenti un secondo sopralluogo sulla scena del delitto in cerca di una pallottola vagante. Un'ora dopo, Garzón tornò con la coda fra le gambe. Nessun pronto soccorso, nessun ambulatorio aveva accolto un ferito da arma da fuoco nelle ultime ore. Sarebbe stato troppo bello. Ma la delusione non durò a lungo perché, due ore dopo, i nostri ragazzi trovarono il secondo proiettile. Era finito fra il cordolo del marciapiede e l'asfalto, a pochi centimetri da un tombino. Trattandolo con somma delicatezza, quasi fosse un neonato, lo infilarono in una busta trasparente. Gli esperti di balistica avrebbero avuto da dire la loro.

Bene, il piccolo caos che segue al rinvenimento di un cadavere cominciava a prendere forma. I proiettili, pronti per l'esame. Il referto medico, in preparazione. Le prove e le testimonianze, rilevate. Mancava solo la rimozione del corpo, che venne ordinata dal giudice quando ormai cominciava ad albeggiare. Rimanemmo a guardare mentre lo infilavano nell'ambulanza.

– Addio, Rimantas, *carretera y manta*![1] – disse il viceispettore, chiudendo la scena a modo suo.

2

Fu un caso difficile, me lo ricordo perfettamente; eppure, di indizi da cui partire ne avevamo parecchi. L'autopsia confermò le prime impressioni del medico: il proiettile nel cranio di Rimantas veniva dalla pistola che aveva in mano. Anche l'altro proiettile, quello rinvenuto in strada, era stato sparato con quell'arma. Gli esperti vi trovarono tracce di vernice nera, dal che era logico dedurre che fosse rimbalzato o avesse perforato la carrozzeria di un'auto prima di andare a conficcarsi nell'asfalto. Per di più, la telecamera di sicurezza del parcheggio aveva ripreso una Golf GTI di colore scuro in uscita dalla rampa pochi minuti prima dell'una, proprio quando doveva essere morto il lituano. Il video non permetteva di vedere la targa, né il volto del conducente. La ricostruzione logica dei fatti che elaborai con Garzón non ammetteva dubbi né alternative. Il morto era in stra-

[1] *Carretera y manta*: letteralmente «strada e coperta». Locuzione usata in relazione al mettersi in viaggio. Simile all'italiano «sacco in spalla».

da quando la Golf era uscita dal parcheggio; di sicuro la stava aspettando. Non era stata un'aggressione casuale. Il conducente si era allontanato di una ventina di metri dall'ingresso del parcheggio, raggiungendo il lituano. Poi si era fermato ed era sceso dal veicolo: dal foro d'ingresso del proiettile nel volto era possibile dedurre che chi aveva sparato era in piedi. I due avevano lottato brevemente, senza troppa energia, e nella colluttazione l'arma aveva sparato due volte, uccidendo il Laztsdelis al secondo colpo. Quindi la vittima dell'aggressione, e probabile omicida, era fuggita. Sulla pistola non c'erano altre impronte oltre a quelle lasciate dal lituano nell'impugnarla. Evidentemente, l'assassino le aveva cancellate prima di andarsene. Altrimenti, se non le sue, in altri punti della pistola sarebbero comparse quelle dello stesso Rimantas.

– Magnifico! – disse il viceispettore. – Facile come bere un bicchier d'acqua.

– Be', mi dispiace dirle che a me l'acqua non piace, e che può sempre andare di traverso.

– Non capisco dove voglia arrivare.

– Volevo solo dire che può essere più complicato di quanto non sembri.

– Per prima cosa, bisogna trovare la macchina.

– Lasci perdere, non è mica una Rolls Royce, che ce ne saranno quattro in tutta Barcellona, ma una macchina di serie, e di un modello piuttosto vecchio. E non mi dica che possiamo andare a chiedere a tutti i carrozzieri della città se hanno dovuto riparare un foro di proiettile.

– Non pensavo a questo, lo so che non si finirebbe mai, ma può darsi che un meccanico onesto, se gli capita una cosa del genere, avvisi la polizia.

– Sì, uno di quei normali cittadini con la coscienza a posto.

– Ce ne sono, ispettore, non creda. E poi l'assassino potrebbe anche essersi sbarazzato della macchina. Dovremmo rivolgerci ai venditori di auto usate.

– Perché disturbarci? Tanto, se hanno la coscienza a posto, ci chiameranno loro.

– E va bene, ispettore, d'accordo! Cosa vuole che le dica? Che non verremo mai a capo di niente, che è un caso senza soluzione, che la gente è cattiva per natura? Visto che oggi è così negativa, magari l'idea le sorride.

– Diciamo che ho più fede nel passaporto della vittima, che può portarci a una scheda bell'e pronta.

– Bene, questo sì che è come bere un bicchier d'acqua!

– Lei è proprio fissato con quest'acqua, ha problemi renali?

– Non la prenda così, ispettore. Chissà che non le faccia bene un bel bicchier d'acqua ogni tanto. Dicono che rilassi. E purifica, anche. Porta via un sacco di tossine, soprattutto a digiuno.

– La pianti, Garzón!

Ridacchiava sotto i baffi come un pessimo attore nella parte del cattivo. Anche lui sapeva come pungermi sul vivo, e quando ci riusciva era al settimo cielo. Sembravamo due bambini, certe volte, niente di simile a quel che si aspetta la gente da due audaci poliziotti impegnati nella lotta contro il crimine.

Non bevvi nessun bicchier d'acqua, ma non potei fare a meno di cantar vittoria quando ci dissero che Laztsdelis era schedato. Era stato mercenario e aveva combattuto in varie guerre su e giù per diversi continenti. Come disse Garzón appena vide la foto: «un vero angioletto». Era stato beccato due anni prima per una faccenda di droga. Poca roba. Tre mesi alla Modelo, poi non aveva più avuto problemi con la giustizia. Risultava assunto regolarmente presso un'azienda di spedizioni e recapiti. Era domiciliato in città.

– Cominceremo con una visitina a casa sua.

– Gliel'avevo detto, ispettore, stiamo andando a gonfie vele!

Ringraziai che Garzón fosse passato dall'acqua potabile alla navigazione, argomento più interessante.

Il rifugio del nostro soldato di ventura si trovava nel Raval, presso una vedova, tale Matea Domínguez, che faceva l'affittacamere in spregio di ogni norma igienica e fiscale. Aveva cinque stanze malandate che affittava agli immigrati. La diffidenza con cui ci ricevette la diceva lunga sull'irregolarità dei suoi affari. Si ricordava perfettamente di Rimantas.

– Sì, è rimasto qui sei mesi. All'inizio non aveva un soldo, era sempre in ritardo con i pagamenti. Ma poi deve aver trovato un lavoro o qualcosa del genere, e stava bene. Si vedeva che stava bene. Alla fine se ne è andato, avrà trovato un posto per stare da solo. È sempre così: i bianchi, russi, polacchi, rumeni che siano, in qualche modo se la cavano. Gli altri, manco a parlarne, marocchini, neri... un disastro.

L'indignazione mi offuscò la vista per un attimo. Ma mi trattenni, preferivo aspettare.

– Che vita faceva Rimantas Laztsdelis?

– Una vita normale. Usciva al mattino presto e tornava alla sera. Era onesto, mi ha perfino raccontato di essere stato in prigione, ma diceva che uno sbaglio simile non l'avrebbe fatto mai più.

– Vedeva gente?

– No.

– Riceveva telefonate?

– No. Non so niente di lui, nemmeno dove sia andato a stare. Era un tipo riservato.

Con lo stesso tono che avevo usato per interrogarla, le ordinai:

– Mi faccia vedere le stanze.

Ci mise un po' a reagire, quasi come Garzón, che mi guardava con tanto d'occhi.

– Il fatto è... – tergiversò.

– Non si preoccupi, le troverò da sola. O vuole che chiediamo un mandato al giudice?

Infilai il corridoio e cominciai ad aprire una porta dopo l'altra. Proprio come avevo immaginato, c'erano brande disastrate in ogni angolo, così vicine che ci si potevano ammucchiare più persone. Qualche magrebino che stava dormendo tirò su la testa di scatto sentendomi entrare. Protestai con la vecchia:

– Una cosa del genere non solo è disumana, ma anche illegale.

Lei poggiò i pugni sui fianchi e mi rispose con furia:

– C'è gente che affitta i letti a ore, perfino i balconi, affittano; la mia pensione non sarà una meraviglia, ma loro ci vengono e mi ringraziano pure. Andate a vedere se da un'altra parte trovate di meglio!

Uscita da quell'antro, mi sfogai col viceispettore:

– Eccola, la sua cittadina con la coscienza a posto!

Lui, sapendo che c'ero rimasta davvero male, disse soltanto:

– Lasci perdere, Petra, e andiamo avanti con le indagini.

3

In macchina, mentre ci dirigevamo verso l'azienda di spedizioni presso cui aveva lavorato il lituano, non spiccicammo parola. La visita a quella miserabile pensione mi aveva messa di pessimo umore. Il mio collega, che mi conosceva bene, decise di tirarmi su il morale.

– Perché non ci fermiamo e prendiamo una birretta?

Accettai. Mi sedetti con lui e rimasi in perfetto silenzio. Garzón tentò di farmi parlare.

– Le ha dato fastidio quello che abbiamo visto lì dentro, vero?

– Lei non sa quanto. Nessuno si preoccupa di certi abusi, li lasciamo passare come se niente fosse.

– Se vuole, quando torniamo in commissariato, stendiamo un bel verbale su quella donna.

– No, lasciamo stare, non servirebbe a niente. Ce ne saranno cento altri che fanno le stesse cose. Quello che non sopporto è il genere umano, Garzón.

– Capisco. Solo che non vedo cosa ci possa fare, a meno che non scriva una lettera di reclamo al Creatore...

– L'avrò fatto mille volte, solo che non so che indirizzo mettere sulla busta.

Garzón sorrise con una certa tristezza, forse anche lui aveva qualche lettera senza indirizzo nel cassetto. Impugnò il suo boccale di birra e mi sfidò a finirlo in un sorso. Sarebbe una bugia se dicessi che, sebbene nel frattempo il genere umano non avesse certo avuto il tempo di cambiare, quando misi giù il boccale vuoto mi sentivo già un po' meglio.

L'azienda presso la quale aveva lavorato Laztsdelis era un'importante multinazionale. Lui guidava un furgone che effettuava dieci corse giornaliere da e per l'aeroporto. Viaggiava sempre solo. Depositava il carico e ripartiva. Era stato selezionato e assunto direttamente dal capo del personale, una certa dottoressa Ventura. Chiedemmo al responsabile che ci aveva accolti di parlare con lei. Lui non oppose nessuna obiezione, le nostre indagini non lo preoccupavano affatto. In fin dei conti Rimantas non lavorava più lì da sei mesi.

La dottoressa Ventura era un'affascinante signora bionda sulla quarantina. Per noi era la seconda persona che avesse conosciuto il morto, ma non aveva niente a che vedere con la vecchia strega del Raval. Sulla sua scrivania campeggiava una foto che la ritraeva in jeans, insieme al marito e ai tre figli, nel giardino di una bella casa a schiera di notevoli dimensioni. Lo stereotipo della donna manager.

– Rimantas Laztsdelis, certo. Me lo ricordo benissimo, anche senza aprire la scheda. Mi aveva colpito il nome.

Cercò in un grosso dossier un numero che aveva reperito al computer. Tirò fuori una cartellina alla quale era stata pinzata una foto del morto. Meglio di quella segnaletica dei nostri archivi. Aveva un'espressione impertinente ed era, tutto sommato, un bell'uomo. Le chiesi di lasciarci la foto.

– L'aveva colpita qualcos'altro, a parte il nome?

– Non molto, a dire il vero. Sembrava un uomo molto sicuro di sé, e pensai che fosse un buon lavoratore. A quanto vedo qui, non mi ero sbagliata. Il suo rendimento era buono e non ha mai dato alcun problema.

– Perché se ne è andato?

Guardò ancora le carte.

– Ha dato le dimissioni. Diceva di aver trovato un altro lavoro, meglio pagato. Bisogna ammettere che lo stipendio che percepiva da noi non era granché.

– Si occupa sempre lei dei colloqui di selezione del personale?

– In genere solo per i quadri medi. Degli altri si occupano i miei assistenti. Ma di tanto in tanto scelgo una domanda a caso e me ne occupo io. È una forma di controllo. Per il lavoratore è come vincere alla lotteria.

– O come ricevere un'ispezione della guardia di finanza.

Lei rise.

– No, le assicuro che sono più morbida dei miei sottoposti. E poi posso permettermi di tener conto di aspetti umani che loro sono tenuti a ignorare. Per esempio, avevo letto sulla scheda che quell'uomo aveva precedenti penali. Ma non mi sono lasciata condizionare negativamente. Le assicuro che i miei assistenti sarebbero stati più fiscali.

Cosa potevo pensare? Forse l'ignoranza e la povertà creano miseria morale. Quella donna, nella sua efficienza, si dimostrava più umana della vedova della pensione. Non mi andava di riconoscerlo, ma era così. Ci congedò con eleganza e uscimmo di lì con una fotocopia di tutta la documentazione sul lituano, oltre alla sua fotografia.

Quest'ultima ci fu molto utile, perché non eravamo ancora risaliti in macchina che Garzón mi disse:

– Adesso potremmo fare una visitina a Dalmacia Sirvent.

– Cos'è, una marca di liquore?

– No, caro ispettore, è una delle nostre confidenti. Una vera specialista quando si tratta di gente dell'Est. Non c'è russo o polacco che lei non conosca.

– Caspita, non sapevo che ci fosse tanta specializzazione nel mondo dei confidenti!

– È un mondo che le sfugge, Petra. In fondo, per lei, è un po' troppo volgare.

– Mi sta accusando di classismo?

– Ma si immagini, l'accusa spetta al giudice.

Ormai Garzón sapeva tutto di me, e non si lasciava scappare l'occasione di prendermi in giro. Faceva bene, tanto era solo questione di tempo e io avrei fatto lo stesso con lui.

La storia di Dalmacia Sirvent mi affascinò. A quanto mi raccontò il viceispettore, il vero confidente era il marito, un certo Pascual Sánchez. Ma il poveretto aveva avuto un colpo apoplettico, un paio d'anni prima. Da allora in poi lei l'aveva sostituito approfittando delle sue conoscenze.

– Allucinante – dissi.

– Non vedo il perché. In fondo le mogli dei tassisti prendono il volante se ce n'è bisogno. Per i confidenti è un po' lo stesso. Qualunque cosa, pur di non perdere la licenza.

– Mi sembra ugualmente incredibile.

– Petra, si svegli, siamo nella realtà, che supera sempre i film. Quei due, che hanno già una certa età, gestiscono un baraccio nel Barrio Chino. Le assicuro che con quello che prendono da noi se la cavano piuttosto bene. Preferiscono fare così piuttosto che darsi a qualche attività illegale. E le assicuro che quella Dalmacia si è dimostrata una dritta, non è da meno del marito.

– Una specialista, no?

– Rida pure quanto vuole, ma al giorno d'oggi la specializzazione è tutto. Pascual Sánchez ha avuto il fiuto di diventare una vera enciclopedia delle mafie post-comuniste. Di confidenti sulla droga o sul traffico di armi ce ne sono a bizzeffe.

No, non mi sarei mai abituata a quel sottobosco che lavorava per la polizia: informatori, spioni, avvocatucci di mezza tacca... Garzón aveva ragione, era una fauna che non avrei mai invitato a prendere il tè a casa mia. Anche se devo ammettere che dopo aver conosciuto Dalmacia cambiai idea. Quella confidente consorte era un caso davvero speciale.

4

Dalmacia guidava «il taxi» del marito con perizia sbalorditiva. Non appena il mio collega le fece il nome di Rimantas, fu chiaro dalla sua espressione che non le suonava affatto nuovo.

– Bel nome, vero?

Il viceispettore sfoderò l'abituale rudezza che usava con i confidenti, fossero o no degli specialisti.

– Dalmacia, su, abbiamo fretta. Per ogni minuto che ci fai perdere, la cifra scende.

– Ecco, proprio qui la volevo. Mio marito l'avete preso in giro tutta la vita; lui è troppo buono, ma io... io voglio una proposta precisa prima ancora di cominciare a parlare. E si esprima in euro per favore, che la peseta me la son già dimenticata.

– Va bene. Ti mando un'ispezione al bar e poi ti pago un quarto della multa che ti becchi.

– È questo il modo di trattare una povera donna col marito invalido?

– Forza, povera donna, parla.

– Va bene. Qualcosa so e qualcosa posso venirlo a sapere. Sono mille per quello che so, e mille per quello che riesco a scoprire.

– Seicento, non un euro di più.

– Settecentocinquanta.

– Affare fatto. E adesso sbrigati. E se quello che dici non ci serve, non vedi un soldo. O, se ti sembra più moderno, un centesimo di euro.

– Va bene. Quel Rimantas ci veniva qualche volta

qui al bar, anche se saranno sei mesi che non lo vediamo. Veniva con una ragazza, straniera come lui, forse russa. Non so come si chiamava né chi era. Bella, bionda, una che si notava.

– Questo non vale settecentocinquanta euro.

– So che abitava in una pensione da poveracci del Raval, da una vedova. E so che circa sei mesi fa, le ultime volte che l'ho visto, si era trovato un altro posto.

– Questo lo sappiamo anche noi. La vedova si chiama Matea Domínguez. Le tue informazioni sono come il giornale di ieri. Buono per incartarci le uova.

– Ma io so dove abita adesso. Lo sapete anche voi?

– Ce lo siamo scordato. Qual è l'indirizzo?

– Questo sì che vale settecentocinquanta euro. Voglio vederli, però, prima di dirvelo.

Garzón tirò fuori il portafogli e le mise in mano i soldi. Lei li contò senza nessun imbarazzo.

– Calle Princesa 56, terzo piano, porta B. Lui l'aveva segnato su un tovagliolino di carta per la russa. Io, guarda caso, gli stavo servendo una birra, e non me lo sono fatto scappare.

– Il caso è sempre dalla tua parte, vero, Dalmacia? Sei fantastica. Però ricordati di una cosa: fa parte dell'accordo. Se fra una settimana non ci chiami per dirci che hai trovato qualcosa di nuovo, non solo non vedrai un euro di più, ma ti mandiamo un'ispezione. Non so ancora se dell'ufficio del lavoro o di quello d'igiene, e vediamo cosa salta fuori. Voglio sapere chi è quella ragazza e cosa diavolo stava combinando Rimantas.

– Non è giusto.

– Ogni tanto la giustizia colpisce quelli che sono sempre benedetti dal caso. Per questo si chiama giustizia.

Uscimmo dal bar. Io non avevo aperto bocca, se non per la sorpresa. Il viceispettore se l'era cavata da maestro.

– Pensa veramente di essere così duro, Fermín?

– Non lo so, credo di no. Ma è meglio che i confidenti abbiano sempre ben chiaro che gli sbirri sono peggio di loro. Se no chiederebbero tutti di entrare in polizia e, furbi come sono, ci porterebbero via il lavoro in quattro e quattr'otto.

La fede del viceispettore nell'onestà del genere umano aveva le sue zone grigie, almeno riguardo alla polizia. Lo apprezzai. L'autocritica è alla base di ogni saggezza.

Raggiungemmo rapidamente il commissariato per preparare la visita in pompa magna a casa della vittima. Ci servivano un mandato giudiziario e una pattuglia che ci aprisse la porta e mettesse i sigilli. E poi un fotografo e quelli delle impronte. Mentre aspettavamo che tutto fosse pronto, Garzón canticchiava euforico.

– Va tutto bene, Petra. Tutto benissimo. Vedrà che questo caso viene via liscio come l'olio. Olio di frantoio appena spremuto.

Non si poteva certo dire che il mio collega fosse a corto di similitudini. Certo, i suoi paragoni non erano fra i più originali, ma l'ispirazione poetica non è mai stata fra i requisiti fondamentali di un poliziotto.

Entrammo, dunque, con tutto l'equipaggiamento di rigore, in casa del defunto Rimantas Laztsdelis. Un posticino niente male. Mentre i tecnici cercavano impronte da tutte le parti, Garzón ed io facemmo un giro per le stanze.

– Be', non sarà il Taj Mahal, ma bisogna ammettere che il nostro amico ne aveva fatti di progressi dai tempi della pensione! – esclamai.

– Progressi come questi si fanno solo nel mondo della droga, Petra. Ne sono quasi sicuro. Bisognerà sentire un confidente specializzato in narcotici.

– Non precipitiamo. Magari il suo nuovo lavoro, così ben pagato, era nel campo delle armi. In fondo era pur sempre un soldato.

– Troppo, per un Rimantas del genere, mi creda. Di sicuro quello era diventato un pusher coi fiocchi. Alla fine tutto si risolve sempre nel modo più scontato. Mi creda, ispettore, è così.

– Calma, Fermín, calma.

Ma non c'era modo di calmarlo. Andava da una stanza all'altra di quel vasto appartamento come un indemoniato. Cercammo dappertutto delle carte, anche se il lituano non sembrava molto portato alla scrittura. E nemmeno i suoi effetti personali dicevano granché. Roba banale: poster di film di guerra americani, numeri del «National Geographic», manubri di varie dimensioni per farsi i muscoli, un buon assortimento di alcolici. Finalmente, in fondo a un cassetto, comparve un'arma. Era una pistola facilmente reperibile sul mercato nero, come quella che l'aveva ucciso. Non c'era da stupirsi che di pistole ne avesse due, trattandosi di un ex mercenario.

– Dirò ai ragazzi di frugare bene dappertutto, devono esserci anche dei soldi, nascosti da qualche parte.

A un tratto qualcosa sul muro attirò la mia attenzione. O meglio, qualcosa che non c'era più. Quattro forellini indicavano che fino a poco tempo prima un foglio era stato fissato alla parete con le puntine. In base alle dimensioni del rettangolo vuoto, cercammo di trovarlo. Un'ora dopo comparve fra gli eleganti pigiami del lituano. Era la fotografia di una bella ragazza bionda, con quattro forellini agli angoli. Forse avevamo trovato la russa di cui ci aveva parlato la nostra confidente.

Garzón si lasciò andare a un classico, rivisitato a modo suo:

– *Cherchez la femme!* come disse il profeta, o era il poeta?

– Nessuno dei due, temo – fu la mia risposta.

5

Qualche migliaio di euro spuntò da sotto il televisore. Una conferma che il lavoro svolto dal lituano negli ultimi mesi tanto legale non era. C'era da dubitarne? No. Ma lo svolgimento di un'indagine richiede delle prove, e quel denaro era una prova consistente.

Garzón ed io ci lanciammo subito nel nostro gioco di deduzioni, che secondo il manuale del perfetto poliziotto non dovrebbe mai essere affrontato senza una base solida da cui partire.

– O droga, o armi, ispettore. Non ci sono alternative. Bisogna partire di qui – disse il mio vice.

– Trattandosi di un immigrato con precedenti penali, mi sembra un'affermazione azzardata. Lei sa che poteva anche lavorare in nero: come operaio, come guardiano, per esempio. Ci sono molti piccoli imprenditori senza scrupoli che pur di risparmiare sui contributi di un lavoratore...

– Mi scusi, ispettore, ma non la seguo. Lei crede che i piccoli imprenditori senza scrupoli che assumono gli immigrati in nero gli diano tanto da permettersi una casa come questa?

– Be', però, se lo usava per i regolamenti di conti...

– Miseria, Petra, ma in questo caso più che un imprenditore sarebbe un padrino! No, in Spagna non ci arriviamo a un'organizzazione di questo genere.

– La avverto che il nostro paese sta facendo passi da gigante, ultimamente. In fatto di delitti non abbiamo niente da invidiare ai paesi più avanzati.

– Mi dia retta, ispettore: o neve o tuoni. Droga o armi, perché lei capisca. E ora, col suo permesso, chiamerei subito le squadre corrispondenti perché si mettano a cercare informazioni.

– Molto bene, proceda. Nel frattempo io verifico se questo bel faccino ce l'abbiamo anche noi in archivio.

– Ma perché l'avrà tolta dal muro?

– Non so, forse una rottura sentimentale.

– Allora spero che non si siano mollati da troppo tempo, altrimenti la ragazza non saprà più niente di cosa combinava il suo ex.

– Quindi pensa che la troveremo, vero, viceispettore?

– Lo sa che sono ottimista per principio.

I tre giorni che seguirono furono di paralisi assoluta. Altro che ottimismo. Le vie che tentammo non ci portarono da nessuna parte. Alla Narcotici non c'era nessuna scheda su Laztsdelis, e nessuno, in tutta la polizia spagnola, aveva mai sentito parlare di lui in relazione al traffico di armi. Le impronte rinvenute nel suo appartamento non comparivano in nessun archivio, e delle due pistole sequestrate non si riuscì a determinare la provenienza. Per completare quel deserto totale, neppure la foto della ragazza fece fiorire un nome sugli schermi dei nostri computer. Il mio umore stava peggiorando: un caso che pareva una passeggiata si stava trasformando in una spedizione di survival. C'erano piste e strade da seguire, certo, ma tutte finivano per perdersi fra le dune: da sei mesi, le orme di Rimantas erano scomparse.

Fortunatamente non infierii sul viceispettore bersagliandolo di frecciate sul suo incrollabile ottimismo, perché dopo quattro giorni di semidisperazione telefonò nel mio ufficio Dalmacia Sirvent. La nostra informatrice aveva qualcosa di nuovo da dirci, ma voleva un appuntamento, niente soffiate telefoniche: era disposta a vuotare il sacco, ma il sacco vuoto doveva tornare a casa sua pieno di euro. Prendemmo appuntamento con lei in un bar del Paralelo. La pagammo profumatamente, e solo allora parlò:

– Mi dicono che quel tizio era pulito. Niente droga, niente casini. E questa è una. L'altra è che so un posto dove potete trovare la bionda. Sicuro al novantanove per cento.

– L'indirizzo di casa sua?

– No, un phone center di calle Valencia, di quelli dove vanno gli immigrati per telefonare. Lei ci va quasi ogni giorno. E so anche come si chiama: Elena Vitova. È russa, e pulita. Non cercatela nei vostri archivi, fatica sprecata.

– È questa qui? – chiese Garzón, tirando fuori la foto.

– Sì, proprio lei. E adesso, signori, io scappo. È quasi ora di pranzo e non ho ancora fatto le tortillas di patate per il bar. La vita è dura, per chi lavora.

E così dicendo, se ne uscì a razzo, cosa che facemmo anche noi un attimo dopo. Il phone center di calle Valencia era diventato un obiettivo di vitale importanza.

Garzón mostrò subito la foto al tizio al banco. Questi annuì. Sì, quella ragazza veniva quasi ogni giorno. No, quel giorno non era ancora passata. Capimmo subito che da quel momento in poi la macchina sarebbe diventata una casa per noi. Com'era prevedibile, il phone center non registrava alcun dato degli utenti, quindi non c'era altro da fare che aspettare. E aspettammo, fino all'esasperazione, fino all'estenuazione. Dopo sei ore, visto che non si era ancora fatta viva, chiedemmo l'aiuto di due agenti che, muniti di foto anche loro, ci dessero il cambio per permetterci di riposare. Ma il riposo fu relativo, almeno nel mio caso, perché l'immagine della russa continuò a perseguitarmi nel sonno.

Alle undici del mattino del terzo giorno, la bionda si degnò di comparire. Avevo tanto desiderato vederla che quando successe mi parve di avere davanti un fantasma. Ma era lei, e Garzón me lo confermò quando gli rifilai una gomitata, muta com'ero per l'emozione. Scendemmo dalla macchina, lasciammo che facesse la sua chiamata, in modo da poterla controllare, e l'abbordammo quando stava per uscire.

Era molto bella, ma quando le rivelammo la nostra identità di poliziotti, il suo volto slavo assunse l'inespressività di una maschera. Alle nostre prime domande rispose sempre di no: non conosceva Rimantas Laztsdelis, quindi era ben difficile che avesse avuto alcun rapporto, sentimentale o di altro tipo, con lui. Ma la sua reazione a una frase brutale del viceispettore bastò a smentire tutto quel che aveva detto. – Rimantas è morto, l'hanno assassinato. Lo sapeva? – In quel momento si mise a piangere. Fu necessario aspettare che si calmasse per continuare l'interrogatorio. Alla fine accettò di parlare. Era stata la ragazza del lituano per quasi un anno. Anche se non vivevano insieme, si vedevano ogni giorno. Tutto era andato bene, fino a otto mesi prima. Poi lui, di colpo, le aveva detto di punto in bianco che non l'amava più e aveva smesso di vederla. Non sapeva nemmeno dove fosse andato ad abitare.

– Che cosa combinava, Rimantas?

– Non lo so.

– Insomma, Elena, si tratta di capire chi può averlo assassinato. Parli per favore.

Inaspettatamente, andò su tutte le furie.

– Vi dico che non lo so! Gli è successo qualcosa dentro.

– Ma noi vogliamo sapere cos'è successo fuori! Chi vedeva, come viveva, che genere di lavoro faceva.

– Lavoro! Finché tirava avanti come capitava, tutto è andato bene. La nostra storia ha cominciato a rovinarsi quando ha trovato un lavoro onesto, come gli aveva consigliato la polizia quando è uscito di prigione. È andato in quella ditta per un colloquio; anch'io avevo mandato la domanda, e il colloquio l'hanno fatto anche a me; volevamo fare una vita tranquilla, ma lui l'hanno preso, e me no. Ho dovuto andare a lavorare da un'altra parte, dieci ore al giorno, dieci ore al giorno anche lui, e la nostra storia ha smesso di funzionare. Poi, di colpo, mi ha piantata.

6

A quel punto dell'interrogatorio sentii una nettissima trafittura di allarme. Garzón aveva già pronta la domanda successiva, ma io, mossa da un impulso irrazionale, gli imposi con un cenno di lasciar fare a me.

– Chi le ha fatto quel colloquio di lavoro?

– Una donna.

– Il capo del personale?

– Quella troia! Quella i colloqui non li faceva a tutti, ma è toccata proprio a me. Gli altri mi hanno detto che se ti capitava lei, non c'era niente da fare; era una dura, non gliene fregava niente delle nostre difficoltà. Ma io non ci ho voluto credere, e le ho raccontato la verità, pensando che era una donna, che le avrei fatto pena e mi avrebbe dato una mano. Ma avevano ragione loro.

– E qual era questa verità?

– Io, in Russia, ho un figlio di tre anni. Le ho detto che volevo farlo venire qui, e allora lei ha chiuso il colloquio. Ha detto che non potevano permettersi di assumere delle ragazze madri. Troppe assenze, troppa instabilità.

– Può descrivermi quella donna?

– Alta, abbastanza bella. C'era una foto col marito e i figli sulla scrivania. Ma che io volessi vivere col mio non gliene importava un accidente.

Chiesi per la russa un fermo cautelare e per il momento considerai terminate le domande.

Non appena fummo di nuovo in macchina, cominciarono quelle di Garzón.

– Che cosa la colpisce, ispettore? Che quella ragazza volesse lavorare nella stessa ditta del morto?

– Mi colpisce che l'unica persona che avevo considerato per bene fosse una disgraziata totale. Bisognerebbe sospettare per principio di chi si mostra comprensivo con i deboli, Garzón.

– Sempre a generalizzare, lei!

Carmen Ventura ci ricevette tutta sorrisi come la prima volta.

– In cosa posso esservi utile? – Ci offriva la sua collaborazione aprendo le braccia in un gesto quasi materno.

– Dottoressa Ventura, la mia domanda sarà molto precisa: lei possiede una Golf GTI nera di circa quattro anni?

Le labbra le si tesero in modo quasi impercettibile.

– Be', ora non più. L'avevo, ma l'ho cambiata da poco. Non che io tenga agli status-symbol, ma lei sa che quando si ricoprono certi ruoli bisogna pur badare alle apparenze, e quella macchina era ormai troppo malconcia. Adesso ho una piccola Audi, che va benissimo.

– E dov'è la Golf, adesso?

– Non capisco cosa mi stia chiedendo. Me ne sono liberata, logicamente.

– L'ha venduta?

Il labbro superiore aveva cominciato a tremarle.

– No, a dir la verità ho deciso di lasciarla nell'autorimessa della mia casa di campagna. È una casa che ho ereditato dai miei, ma non ci andiamo quasi mai. A volte ci vado da sola con i bambini, e ho pensato che avere una macchina a disposizione anche lì avrebbe potuto farmi comodo.

– Mi sbaglierò, ma ho l'impressione che lei ci sia andata quindici giorni fa soltanto per lasciare l'auto.

Ora le tremavano anche le mani.

– Ispettore Delicado, tutto questo è assurdo, veramente, io...

– Dottoressa Ventura, vuole costringerci ad andare

a vedere? Dobbiamo proprio fare tutta la pantomima, arrivare fin lì solo per trovare quello che stavamo cercando: una Golf GTI di colore nero con un foro di proiettile calibro 357 Magnum nella carrozzeria? Non ci costringa a farlo senza prima aver confessato, non le conviene.

Balbettava, aveva perso il controllo...

– Ma io... vedete...

– Lei, signora Ventura, ha incontrato Rimantas Laztsdelis per un colloquio di selezione del personale. E l'ha assunto perché le piaceva. Ha avviato una relazione con lui. Era la sua amante. E la cosa è arrivata al punto che lui, per evitare sospetti, si è visto costretto ad abbandonare il lavoro. Di lì in poi, lui ha cominciato sistematicamente a ricattarla, minacciandola di rendere pubblica la vostra storia. Mi sbaglio?

Piangeva senza fare rumore.

– Si sbaglia. Io ero innamorata, e lo era anche lui, ma ho preferito che lasciasse il lavoro. Dovevo pure aiutarlo.

– E l'ha aiutato bene, bisogna riconoscerlo. O l'eredità dei suoi genitori era una bella fortuna, oppure è molto probabile che nei conti dell'azienda salti fuori qualche ammanco, non è così?

Negò con decisione.

– No! Io non ho mai toccato niente che non fosse mio! Avevo un fondo di risparmio, tutto veniva di lì.

– Finché non l'ha prosciugato. Ma il suo amante chiedeva ancora soldi. E visto che non sapeva più come procurarseli, l'ha ucciso. Non le rimaneva altra soluzione, se voleva evitare lo scandalo. Sapeva perfettamente che tipo era, capacissimo di andare fino in fondo.

Lei batté istericamente sul tavolo con i pugni.

– No, no, le dico che non è andata così! Negli otto mesi che siamo stati insieme lui non mi ha mai chiesto un centesimo! Ero io a provvedere. Eravamo veramente innamorati. Soltanto dopo, alla fine, sì, mi ha minacciata; ormai era abituato a vivere in un certo modo, ma io non volevo lasciare la mia famiglia, anche se lui me lo chiedeva... Forse se avessi...

– D'accordo, lei ci dà la sua versione della storia, la conosce meglio di me. Ma il finale è sempre lo stesso. Ha telefonato a Rimantas e gli ha detto che gli avrebbe consegnato ancora del denaro, sottratto alla ditta. Gli ha dato appuntamento in una via piena di uffici, dove sapeva bene che a quell'ora non sarebbe passato nessuno. È entrata con la macchina in un parcheggio sotterraneo perché nessuno la vedesse aspettare in strada. Se gli avesse dato appuntamento in un posto più isolato, lui avrebbe potuto sospettare qualcosa. Quando è arrivato, lui l'ha chiamata col cellulare. Lei è uscita con la macchina, si è fermata ed è scesa. Gli si è avvicinata e ha aperto le braccia per riceverlo. Sapeva perfettamente che Rimantas girava sempre armato e dove portava la pistola. Gliel'ha sfilata dalla tasca con la massima facilità e, come lui stesso doveva averle insegnato, ha tolto la sicura e ha sparato. Poi gli ha fatto qualche graffio alla svelta e gli ha messo un po' in disordine i vestiti per lasciare qualche segno di lotta. Quindi ha pulito per bene la pistola e gliel'ha ficcata in mano. Facile e veloce. Nessuno l'ha vista. Un lavoro pulito. Chi mai avrebbe potuto sospettare di una donna manager come lei? Nessuno. E lui aveva alle spalle una storia sufficientemente torbida da depistare le indagini.

Si era coperta il volto con le mani. I singhiozzi soffocati la facevano sussultare. Di colpo, intervenne Garzón:

– Ma perché non l'ha ucciso nell'appartamento?

– Io lì dentro non ci sono mai andata. Non volevo rischiare che qualcuno mi vedesse. Ci incontravamo in albergo, sempre uno diverso. Avevo così paura di perdere la mia famiglia, e adesso... ecco come sono finita! Ma lui mi amava, o almeno mi aveva amata, prima di perdere la testa.

– Le credo. Aveva lasciato la sua fidanzata per lei.

– Allora era vero! Non gli credevo quando me lo diceva.

– Sì, era vero. Più tardi glielo spiegherò meglio, se le interessa. Ma adesso deve comparire davanti a un giudice.

Garzón ed io avevamo finito. Andammo a prendere una birra. Il caso era chiuso.

– Quella donna le ha fatto pena, vero, Petra?

– Bah, un minimo di magnanimità non guasta! Non riusciva ad ammettere di essere stata ingannata. Ricattata sì, ma almeno con amore... Secondo me quello era soltanto uno stronzo che credeva di aver trovato il sistema per vivere senza lavorare.

– Ecco. Mi ha fregato un'altra volta. Non capisco mai cos'ha davvero in testa, lei.

– Meglio così, Fermín. Molto meglio.

E brindammo con tutto il cuore, come tante altre volte.

Morte in palestra

Cotto, il tipo era cotto a puntino. Non voglio dire cotto o fritto nel senso metaforico di innamorato o spacciato, mi riferisco a cotto in senso stretto, come può esserlo un'aragosta buttata in pentola o un pollo al cartoccio. Morto era morto, naturalmente, ma ci sono molti modi per morire, e questo era senz'altro insolito. Aveva le palpebre contratte e la pelle... lasciamo stare, uno spettacolo davvero sgradevole. Era rimasto tutta la notte nella sauna di quella palestra col termostato al massimo. La porta chiusa da fuori, la chiave infilata nella serratura. Un incidente? Qualcuno l'aveva chiuso dentro senza accorgersene? Improbabile, tanto meno con quella temperatura insostenibile. Il medico legale disse che il cuore aveva ceduto; meglio per lui. All'inizio la vista del corpo mi impressionò moltissimo, poi... in fondo tutti i morti hanno qualcosa in comune, sia che muoiano di morte violenta, sia che defungano tranquillamente nel loro letto. C'è da dire che quello era brutto all'inverosimile, ma doveva esserlo stato anche da crudo. Sulla trentina, carnagione olivastra, lineamenti grossolani. Si chiamava Pepe Ruiz. Faceva il buttafuori in una discoteca. – Ossia il figlio di puttana – aveva sentenziato il viceispettore

Garzón. – Li conosco bene, gente che si crede chissà cosa, galli da combattimento. A quelli gli basta una divisa e una pistola al fianco per sentirsi Gary Cooper, o Superman, magari. Specialisti in risse, soprattutto nel crearle quando non ci sono.

La proprietaria della palestra confermò il ritratto del mio collega. – Un tipo un po' difficile – si limitò a diagnosticare all'inizio, ma poi rincarò la dose. In palestra nessuno ne poteva più di quello lì. Attaccabrighe, presuntuoso, provocatore... Aveva avuto da ridire con altri soci, erano volate parole grosse. Una volta aveva tirato un peso addosso all'istruttore. Aveva il vizio di girellare intorno alle donne che facevano ginnastica, guardandole senza la minima discrezione. Non stava simpatico a nessuno e, per di più, era sempre l'ultimo ad andarsene. Insomma, nessuno avrebbe fatto dire una messa di suffragio per lui; ma di qui a pensare che qualcuno fosse arrivato ad ammazzarlo... La proprietaria non l'aveva allontanato per non creare problemi, ma lo aveva ammonito più di una volta. Non era difficile capire che non avesse tanta voglia di affrontare un energumeno simile. Tutti attribuivano il suo comportamento a rozzezza e carattere instabile, era quasi un borderline. Garzón mi chiese spiegazioni su questo termine. Fu facile da spiegare:

– È una parola inglese che serve per non dire apertamente che uno è mezzo matto.

Gli piacque moltissimo. Che lingua caritatevole, l'inglese! Borderline. Menti che si trovano sulla linea di confine fra la normalità e la demenza. Garzón mi disse che l'avrebbe di sicuro adottata, con tutti i borderline che ci sono a questo mondo...

L'ucciso non era sposato e viveva con la madre vedova. Andammo a trovare la signora a casa sua, un appartamentino proletario disseminato di fiori secchi e centrini. Era una vecchia, ed era ridotta malissimo. Normale. Piangeva come una Maddalena, le avevano ammazzato il suo borderline. Secondo la visione materna il ragazzo non aveva niente che non andasse. Gentile, lavoratore, delicato. Violento? Mai! Solo che per lavoro era costretto a tenere a bada tanta gentaglia. Alla fine tutti capivano che era un pezzo di pane. Non aveva la fidanzata perché si era dedicato anima e corpo alle cure di sua madre. Era il migliore dei figlioli. Cominciavo a essere stufa di vederla piangere. Non è mai un bello spettacolo veder piangere una vecchia, si finisce per provare disgusto. Mi tolsi dai piedi prima che potei. Quella donna mi chiedeva giustizia, come se ce l'avessi in tasca. Al massimo avrei potuto offrirle una sigaretta. Garzón, più buono di me, continuò ad ascoltarla per un bel pezzo.

– Una madre è sempre una madre – mi disse dopo.

– Per fortuna, anche le madri muoiono – gli risposi.

Si scandalizzò, tanto per cambiare. Trovava inconcepibile che io, una donna, mettessi in dubbio certi valori. Gli pareva una contraddizione, o una pura e semplice provocazione, tanto per rompergli le scatole, cosa che, devo ammetterlo, facevo spesso e volentieri.

La prima cosa da prendere in considerazione erano gli elementi materiali. Il luogo. Piccola sauna sita nello spogliatoio maschile, provvista di serratura che poteva essere chiusa sia da dentro che da fuori. È evidente che quando c'era qualcuno dentro, nessuno avrebbe dovuto chiudere da fuori. Di impronte digitali, nemmeno l'ombra. Per le donne c'era una sauna a parte in un altro spogliatoio. L'assassino avrebbe potuto essere uno qualunque dei soci maschi presenti nella palestra la sera precedente, con maggiori probabilità per chi se ne era andato più tardi. La donna delle pulizie, che cominciava il suo giro alle dieci, non aveva visto niente. Puliva la sauna una sola volta alla settimana, negli altri giorni non la apriva nemmeno. Non si era accorta del caldo che proveniva da lì dentro? Scarmigliata, ancora giovane, non troppo carina, aveva l'aria di una che ha già i suoi problemi, e non solo di manutenzione. Non era nelle sue abitudini perdere tempo, e nemmeno si permetteva il lusso di essere curiosa. La padrona della palestra mi disse che aveva quattro figli e un marito alcolizzato. Compresi la sua mancanza di partecipazione. La sauna comunicava con l'esterno per mezzo di un finestrino posto all'altezza degli occhi. Chiunque avrebbe potuto affacciarsi per vedere se qualcosa bollisse in pentola, ma nessuno l'aveva fatto. Secondo Garzón, questo rafforzava l'ipotesi che chi aveva commesso il fatto se ne fosse andato all'ora di chiusura. Se Ruiz fosse stato lì dentro da molto tempo, qualcuno avrebbe finito per accorgersene.

– Tenga conto del fattore discrezione – obiettai al mio vice. – Quando uno sa che in un luogo chiuso c'è della gente nuda, può essere imbarazzante mettersi a guardare.

Garzón ci pensò su.

– E poi – aggiunsi, – mi pare che per i signori uomini fare una cosa simile comporti il rischio di essere considerati un po' finocchi, come se si andasse in cerca di qualcosa.

– Non mi era venuto in mente, ma anche se fosse come dice lei, qualcuno avrebbe potuto aver bisogno della sauna, o stupirsi del fatto che rimanesse accesa tanto a lungo. Impossibile che nessuno si sia accorto di niente.

Era abbastanza chiaro come potevano essere andate le cose: la vittima era entrata in sauna di propria iniziativa, lasciando la chiave inserita nella serratura. Una volta dentro, si era addormentata. Poi qualcuno aveva scoperto l'angioletto, aveva dato un giro alla chiave, aveva alzato la temperatura al massimo, e se ne era andato. Perché il borderline non aveva gridato o non aveva cercato di uscire? Forse per pura stupidità, anche se era più plausibile supporre che fosse svenuto per il caldo, e che fosse passato dal sonno alla morte nella più tranquilla inconsapevolezza.

A quel punto era altrettanto chiaro quel che dovevamo fare. Ordinai a Garzón di verificare chi si fosse trovato nella palestra a partire dalle sei. Compito facilissimo, visto che un apparecchio elettronico rilevava il numero di tessera di ogni socio sia all'ingresso che all'uscita. E poi c'era la signorina della reception, che smontava alle dieci, una ragazza molto carina che non la finiva più di piangere. La cosa mi stupì tanto che le chiesi come mai.

– Non mi piace che la gente muoia – fu la sua risposta. Mi commosse, con i suoi occhioni azzurri, quell'aria così giovane... È facile provare pietà per i belli. Questo dimostra che la vecchiaia e la bruttezza non smuovono il cuore, e che sbaglia chi si illude che delle miserie umane gliene importi davvero a qualcuno. Ebbene, la testimonianza della sconsolata receptionist coincideva con il tabulato della macchina: undici soci di sesso maschile erano entrati in palestra a partire dalle sei. Sette di loro se ne erano andati un'ora dopo, al termine della lezione di corpo libero. Quattro, quindi, erano rimasti fino a tardi. Uno era uscito alle otto, un altro alle otto e mezzo, e gli ultimi due se ne erano andati quasi insieme, alle nove meno un quarto.

Scartammo, tanto per cominciare, il manipolo della lezione di ginnastica. Alle sette di sera era ancora molto presto perché la loro testimonianza sulla sauna potesse essere presa in considerazione. Decidemmo di cominciare interrogando i penultimi due. Quello che era uscito alle otto era un liceale con la faccia spruzzata di lentiggini. Credo che, complessivamente, fece più domande lui di Garzón. Sospettate già di qualcuno? Credete che si tratti di una vendetta personale? Conoscete i poliziotti che hanno arrestato lo stupratore dell'Ensanche? Ma la polizia si serve di internet? Sveglio, il ragazzino, avrebbe dovuto condurle lui le indagini. Solo che, venuto il momento di dire qualcosa di preciso, si tirò indietro. Non ricordava se la sauna fosse in funzione quando era entrato nello spogliatoio, né se ci fosse qualcuno dentro; non aveva neppure visto la vittima, quella sera; insomma, l'unico punto a suo favore era la curiosità. Lo lasciammo andar via senza timori. Sono ancora pochi i baby-killer in Spagna; ci vogliono molti anni di civiltà sofisticata per raggiungere buoni risultati in questo campo.

Il socio delle otto e mezzo era un karateka che si allenava ogni giorno alle macchine per conto suo. Di bassa statura, robusto come un pilastro di chiesa romanica, non si fece pregare quando gli venne chiesto di dare dimostrazione della sua arte. Prima lanciò un pugno in aria a tale velocità da far pensare che non si fosse nemmeno mosso. Poi eseguì qualche passo di danza in stato di assoluta concentrazione, per concludere la piroetta scagliando una gamba al di sopra della spalla. Fummo sul punto di applaudire. Stentava a credere che due poliziotti come noi non conoscessero le arti marziali. Per attenuare il senso di inferiorità gli rispondemmo che disponevamo di armi psicologiche. Parve accontentarsi di questa spiegazione. Quando gli chiedemmo se avesse mai avuto da dire con Pepe Ruiz, sorrise della nostra ignoranza. – Il karateka deve evitare qualunque manifestazione di violenza o scontro verbale. Se mai perdessimo il controllo, potremmo uccidere qualcuno con un colpo solo –. Aveva visto la vittima pavoneggiarsi, gonfiare i bicipiti davanti alle signorine, lanciare sguardi di commiserazione ai ragazzi meno robusti. Poteva anche essere mezzo matto, ma aveva abbastanza sale in zucca da non attaccare briga con chi poteva avere la meglio su di lui. Sì, era verosimile che un appassionato di karate, imbevuto di mistica marziale, non desse troppo retta a quel bullo di quartiere, e non avesse alcun motivo per assassinarlo. Per sistemarlo a dovere, gli sarebbe bastato uno dei suoi fulminei cazzotti orientali. Determinata l'assenza di movente, sondammo la sua memoria alla ricerca di particolari utili; e fummo fortunati, visto che ricordava di aver notato la sauna in funzione, quando era uscito. Lui stesso aveva avuto l'idea di entrare in sauna, quella sera, ma poi aveva preferito rinunciare. – Rilassa troppo il tono dei muscoli, sapete – disse, guardando Garzón con complicità. Il mio sottoposto gli restituì uno sguardo da vero esperto, come se anche lui avesse passato una vita intera attento alla consistenza della sua massa muscolare.

Bene, se il karateka non aveva ragioni per commettere l'omicidio, non ne aveva nemmeno per mentire, il che ci portava a una conclusione più solida: la porta era stata chiusa a chiave nell'ultima ora e mezzo di apertura al pubblico, fra le otto e mezzo e le dieci. Inoltre, anche se gli ultimi due soci se ne erano andati alle nove meno un quarto, rimanevano fra i possibili sospetti la signora delle pulizie e l'istruttore. Benissimo, stavamo delimitando il terreno. Decidemmo quindi di interrogare gli ultimi due clienti della palestra. Mi divorava l'ansia di vedere che razza di personaggi ci saremmo trovati davanti. È un'emozione che mi assale spesso, anche quando apro la buca delle lettere ogni mattina. Mi dà una trafittura fugace ma potente, come se l'ignoto potesse riservarmi affascinanti sorprese e trasformare la routine quotidiana in qualcosa di esaltante. Di solito i miei presentimenti non si avverano mai, le persone che interrogo si dimostrano banalissime e noiose, la buca mi offre solo estratti conto e bollette della luce. E così fu anche il giorno successivo. Persone banalissime e noiose? Forse esagero. A pensarci bene non erano neanche tanto male.

Incontrammo per primo Mateo Serrano, dirigente di una multinazionale, uomo dall'aria superimpegnata. Quarantenne elegante, distinto, era riuscito a forza di palestra a conservare un ventre piatto e pettorali sviluppati che gonfiavano la sua giacca italiana in modo assai attraente. Appariva infastidito e restio a parlare. Non credo che fosse rimasto granché impressionato dalla morte di quel poveraccio, gli rincresceva molto di più dover perdere tempo per quell'interrogatorio. Era di quelli che deplorano che un suicida abbia scelto proprio il loro treno per buttarcisi sotto, solo per via del ritardo. Infatti era seccato di essersi iscritto a una palestra che ammetteva soci del livello di Pepe Ruiz. «L'unico vantaggio è la vicinanza al lavoro» si giustificò. Dopo avergli concesso un margine di tempo sufficiente per sciorinare la sua lista di lamentele, partii con le domande. Di lì in poi le lamentele si tinsero di indignazione. Se aveva mai parlato con la vittima? Assurdo! Discussioni? Parole grosse? Mi guardò come se stessi scherzando. A dire il vero era difficile immaginarsi un uomo del genere impegnato in discussioni da portineria. Ogni volta che menzionavamo il morto, la sua espressione, tipica di chi si trova in presenza di un ragno, di un rettile o di una qualunque bestiaccia schifosa, sembrava dimostrare che diceva la verità. Si sa che non ci si mette a discutere con i ragni, ci si limita a scansarli, o ad allontanarli con un colpo di giornale, nel suo caso il «Financial Times». Certo che l'aveva visto spesso, ma non aveva mai avviato con lui il minimo accenno di conversazione, non gli diceva nemmeno «buongiorno». Quando gli domandammo se prima di andarsene avesse notato la sua presenza nella sauna, rispose con un laconico «non ci ho fatto caso».

Prendemmo provvisoriamente per buona la sua dichiarazione, e passammo all'indiziato successivo. Si trattava dell'esatto opposto. Trent'anni, barbuto, aspetto tranquillo, spiritualeggiante, occhi ingenui. Psicologo diurno presso un ospedale. Anteponendo la curiosità al dovere, mi feci spiegare il perché di quella precisazione sul carattere diurno del suo lavoro. Forse l'essere umano ha problemi psichici diversi a seconda che sia notte o che splenda il sole? Sorrise comprensivo. No, «diurno» vuol dire soltanto che le visite sono ambulatoriali. Data la sua giovane età, non aveva ancora l'esperienza necessaria per occuparsi dei ricoverati. Il che non significava che sulla mente umana non la sapesse lunga. Fece un ritratto molto preciso di quella del morto.

– Si notava chiaramente che era un uomo pieno di conflitti, non troppo dotato intellettivamente.

– Un borderline? – lo interruppe Garzón, facendosi bello della nozione appresa.

– Forse sarebbe eccessivo definirlo in questo modo, ma senza dubbio aveva una capacità di raziocinio limitata, così come uno scarso controllo emozionale. Col suo comportamento aggressivo non faceva che attirare l'attenzione sulle sue difficoltà relazionali e affettive. Scommetto che non aveva una fidanzata, vero?

– Così pare.

– Tipico, sono individui insicuri, ma consapevoli dei loro limiti. Se fosse riuscito a crearsi un legame, presto o tardi la sua partner si sarebbe vergognata di lui. Il timore di essere feriti spinge spesso questi individui ad attaccare per primi. È il loro modo di chiedere aiuto.

– Porca puttana! – esclamò Garzón, forse un po' fuori registro.

– E della psicologia dell'assassino, si è fatto già un'idea? – chiesi.

– No di certo, se voi non mi dite chi è...

– Gli americani costruiscono i profili psicologici dell'assassino a partire dalle modalità del delitto...

– È un compito davvero arduo, ispettore. Le assicuro che qui i servizi sanitari non ci chiedono tanto.

Ero sul punto di scusarmi umilmente, quando mi ricordai che quel tizio, psicologo o pompiere che fosse, non era lì in qualità di esperto, ma di indiziato. Cambiai tono e passai a verificare quali possibili offese avesse potuto subire da parte di Pepe Ruiz. Non ottenni nulla. La pazienza e la competenza professionale l'avevano sempre tenuto ben lontano da ogni spunto di discussione.

– Che cosa potevo avere contro di lui? Non se l'è mai presa con me, e poi, a parte salutarlo, non gli parlavo mai.

– L'ha visto entrare in sauna quella sera?

Sarebbe stato troppo bello. No, non l'aveva visto, ma aveva avuto l'impressione che fosse rimasto in sala pesi fin dopo le nove, ad allenarsi. Insomma, se la versione dell'interrogato non era interessata, Ruiz doveva essere andato negli spogliatoi verso le nove e un quarto ed essere entrato in sauna poco dopo, per non uscirne più.

– Crede che menta, lo psicologo? – mi domandò Garzón, non appena se ne fu andato. Non si può negare che uno psicologo sia la persona meglio attrezzata per mentire: conoscenza delle reazioni altrui, controllo delle proprie... Il problema era il movente. Garzón convenne con me che stavamo ricercando motivazioni troppo elementari per la complessità dimostrata dai nostri indiziati. Era impensabile che un manager di alto livello potesse mettersi nei guai per reagire a un insulto o a un ceffone... A meno che non ci fosse un movente sotterraneo. Sulla base di questa premessa si potevano ipotizzare storie piuttosto sinistre: che il manager coprisse una tresca omosessuale con la vittima, che lo psicologo l'avesse avuto come paziente e volesse nascondere qualche episodio vergognoso...

– Indaghi sulla vita di quei due, viceispettore.

Mentre verificavamo se ci fossero altarini da scoprire, non dovevamo perdere di vista i moventi più rudimentali: il vaffanculo e la sberla. Fra i pochi indiziati a disposizione, il principe della scazzottatura era senz'altro l'istruttore. Lui sì che aveva avuto pubblici scontri con Ruiz, l'aveva ripreso per il suo atteggiamento, l'aveva zittito più volte e, nel battibecco sovrano di cui ci era stato riferito, era stato oggetto dell'aggressione più violenta che la vittima si fosse mai permessa: il lancio di un manubrio da tre chili. Il culturista non nascose il suo malanimo nei confronti del defunto.

– Ne avevo piene le tasche di lui – dichiarò. – Oltre al fatto che cercava sempre la zuffa, che dava fastidio alla gente, che faceva di tutto per mettersi in mostra, c'erano sere che mi toccava uscire alle nove e mezzo per colpa sua.

– E come mai?

– All'ultima ora si allenano le ragazze di una squadra di hockey. Allenamento complementare. Lui era sempre lì a dar fastidio, faceva il galletto, le spogliava con gli occhi. Qualcuna si è perfino lamentata perché l'aveva sorpreso a ficcare il naso negli spogliatoi. Quando vedevo che faceva il cretino, mi toccava rimanere lì finché non se ne andavano loro.

– Le ragazze non c'erano la sera del crimine?

– Certo che c'erano.

– E perché, allora, lei non è rimasto?

– Senta, nessuno mi ha mai chiesto di proteggerle, se rimanevo lo facevo per un mio senso di responsabilità, e mica sempre. Quella sera c'era una partita di calcio alla tele, lei capisce...

Capivo.

– Quindi le ultime ad andar via sono state le ragazze.

– Sì, e quel bastardo, che però non è più uscito.

Garzón, lo ricondusse all'ordine.

– Si ricordi che stiamo parlando di un morto.

– È vero, un bastardo morto non è nemmeno più un bastardo.

Vero, anche se brutale. Mister muscolo non andava tanto per il sottile. Tanto che con la sua testimonianza non faceva che disegnare vistose frecce che lo indicavano come colpevole. Seguite la linea tratteggiata, scoprirete l'assassino. Eppure il movente era un po' troppo schematico, secondo la mia opinione, e anche secondo quella di Garzón. Tanto più che se lo scopo era solo quello di dare una lezione a un cretino, un pugno di quel tizio sarebbe bastato a sistemare per le feste anche il gigante Golia. No, quella montagna di muscoli non aveva nessun bisogno di uccidere. E il sistema della sauna non si addiceva alla sua personalità, la cottura a fuoco lento, i visceri al dente, il progressivo scoppiettio della carne arrostita.

Rimaneva la donna delle pulizie, così sprovveduta, così intimorita, così distratta. Quando si presentò per l'interrogatorio, non la finiva più di appellarsi a Dio.

– Ah, Dio mio! Che cosa orribile! Un morto! Ah, Dio mio!

Ma Dio non sembrava averla tenuta in gran conto al momento di fare le parti di felicità fra i mortali. Malgrado la giovane età, era sposata da una decina d'anni e aveva quattro figli. Suo marito era un muratore disoccupato che, tanto per completare il quadro degno di un romanzo di Zola, alzava troppo il gomito. Non lo trovava mai a casa quando rientrava a notte fonda, dopo aver pulito la palestra e un bar. Ci sono molte storie così nel mondo, lo so; eppure, quando la lista delle sventure si fa smisurata, certe cose mi sanno sempre di finzione. Mi ricordano i romanzi d'appendice. Vorrei poter credere che questa mia tendenza si debba a puro senso estetico, più che a volgare cinismo. In ogni caso, interruppi l'alluvione delle sue tribolazioni ottenendo uno sguardo di rimprovero di Garzón, e la invitai a concentrarsi sul caso dell'uomo andato arrosto. Non so se ci riuscii, perché fra una risposta e l'altra continuò a nominare il nome di Dio invano e a piangere calde lacrime. Ma almeno riuscì a dirci che ricordava di aver visto la sauna in funzione quando aveva pulito gli spogliatoi maschili. Non se ne era stupita più di tanto, dato che qualche sera veniva lasciata accesa perché fosse già pronta per il mattino dopo. Non aveva notato se dentro ci fosse qualcuno. Ma aveva passato uno straccio imbevuto di cera sulla porta, cancellando, come già avevamo rilevato, ogni impronta digitale. La chiave nella serratura? Sì, era lì. Quando aveva lasciato il lavoro, verso la mezzanotte, era convinta che non ci fosse più nessuno in palestra, quindi aveva spento le luci e aveva chiuso come al solito. E la tuta verde fluorescente appesa a un gancio? Non ci aveva fatto caso. La gente ha il vizio di lasciare sempre la sua roba in giro. Se dopo qualche giorno nessuno viene a riprendersela, finisce in un baule degli oggetti smarriti in attesa che il legittimo proprietario la reclami. La padrona ce ne diede conferma. Ci aprì un baule pieno zeppo delle cianfrusaglie più disparate e si diffuse sui tipici aneddoti di scarpe, protesi dentarie, lozioni per capelli e bambini in fasce che sembrano non essere mai appartenuti a nessuno.

Comunque, mentre quella brava donna rassettava i locali, non lontano da lei, dalle sue mani, dal suo respiro, il galletto aveva cominciato a rosolare. Qualche ora più tardi il suo aspetto non sarebbe stato diverso da quello di una pernice farcita, di un fagiano in salmì, di una beccaccia allo spiedo. «Uccel che vola, in casseruola», dice un crudele proverbio spagnolo. Nella vita capita più o meno lo stesso: come ti spuntano le ali c'è sempre qualcuno col fucile spianato pronto a buttarti giù. In che direzione aveva cercato di volare Pepe Ruiz? Quale errore aveva commesso? La differenza fra lui e altri pollastri era che, dalla sua morte, nemmeno un povero bracconiere aveva tratto vantaggio.

Qualche giorno dopo, con le indagini ancora in alto mare, Garzón se ne arrivò in commissariato con una cartellina di cuoio sotto il braccio. Fece scorrere la zip con gesto teatrale e mi squadernò sul tavolo due fogli dattiloscritti. – Ecco tutto quel che sono riuscito a mettere insieme su quei due –. Si riferiva allo psicologo e al manager. Mi immersi nella lettura. A prima vista, la vita del manager sembrava limpida come acqua di fonte. Era scapolo. Abitava in un appartamento dell'Ensanche dove riceveva di tanto in tanto le visite di qualche fidanzata. Forse si celava in lui una belva sanguinaria, ma fino a quel momento nulla sembrava indicarlo. C'era da aspettarselo, sarebbe apparso molto più interessante se avesse avuto una doppia vita. Quanto allo psicologo, conviveva con una ricercatrice universitaria. L'unica attività che macchiava la sua vita integerrima consisteva nella sporadica frequentazione di un bingo, cosa che poteva essere considerata piuttosto grave, dato il tipo. Debiti di gioco con il morto? Per carità! Avventurarsi su una pista simile sarebbe stato pura fantascienza poliziesca. No, era impensabile. Per il momento avevamo una sola ragione per sospettare di due personaggi del genere: erano stati gli ultimi a lasciare gli spogliatoi maschili. Poteva essere una ragione sufficiente? Per nulla, tanto più che non erano stati materialmente gli ultimi a uscire dalla palestra. I tabulati concedevano questo privilegio alle ragazze della squadra di hockey. – Ma alle donne è proibito entrare negli spogliatoi degli uomini – argomentò con ingenuità Garzón. Potevamo forse limitare le nostre indagini basandoci su una proibizione tanto convenzionale? Pare che anche uccidere sia proibito. Che cos'eravamo, poliziotti svizzeri, *bobbies* che tirano giù dall'albero il gatto della vecchietta, boy scout?

Riaprimmo il dossier, effettuammo le opportune verifiche. Sì, la sera del crimine la squadra femminile era rimasta in palestra fin quasi alle dieci. Il movente? Quello che avevamo sempre considerato fin dall'inizio: rabbia nei confronti di Ruiz. E quella rabbia poteva essersi scatenata per un motivo assai di moda nel mondo moderno: la molestia sessuale. – Ma come si può molestare tutta una squadra? – protestò, armato di logica, il povero Garzón. Eppure non era così impensabile, poteva essersi trattato di provocazioni, di esibizionismo, di intimidazioni... Niente che potesse condurre a un vero e proprio rapporto sessuale. Un giorno una ragazza, il giorno dopo un'altra, sguardi furtivi… frasi oscene… Forse non sarebbe bastato a giustificare un assassinio, ma è forse lecito riconoscere che esistono fondati motivi per uccidere? Garzón continuò a fare da Grillo Parlante:

– Si uccide in un momento di follia, ma un gruppo intero non può impazzire tutto insieme.

Non mi parve un'obiezione ragionevole: sono tanti gli elementi che possono trascinare un gruppo: l'esaltazione, la furia, la suggestione… Il mio collega non voleva saperne, l'ipotesi si scontrava con la sua concezione idealizzata della femminilità.

– Delle ragazze così giovani, così fragili, prendersela con un tipo così difficile, e poi un omicidio è una cosa brutale… non so.

Lo interruppi: – Ma lei c'è mai stato in uno spogliatoio femminile?

– Mai – fu costretto a rispondere.

– Be', è uno spettacolo che merita, glielo assicuro. Donne che girano nude senza nessun pudore, commenti di una crudezza inverosimile, per lo più sugli uomini… perfino le signore più borghesi trovano da dire la loro. Mutande e reggiseni appesi in bella vista, gente che chiede i tampax in prestito… Ma le più disinibite sono le ragazze degli ambienti sportivi, carne da palestra fin da piccolissime. Concentrazioni di squadra, canti goliardici sui pullman, franchezza sessuale, sghignazzate e giochi pesanti, battaglie dei cuscini negli alberghi… Non sto dicendo che questo basti a fare di loro delle assassine, però è possibile che siano entrate negli spogliatoi maschili con l'intenzione di mettere un bello spavento al borderline. Poi la faccenda avrà preso una piega diversa.

Garzón annuiva assorto. Pensai di averlo moderatamente convinto, anche se non era facile infrangere il suo grazioso quadretto di vestali che suonano la lira ai giochi olimpici.

Affrontammo l'interrogatorio delle ragazze con una strategia accuratamente studiata. Sicuri che avrebbero adottato una difesa di gruppo, ci preparammo a innescare una dinamica collettiva che facesse affiorare la verità. Per evitare l'effetto «Fuente Ovejuna»,[1] non avremmo agito spietatamente, ma con calma filosofica, dando per scontata fin dall'inizio la loro colpevolezza.

Le ragazze erano sette, nessuna sopra i vent'anni, tutte in identica tuta azzurra. Apparivano sfuggenti, nervose, spaesate, ciascuna ostinata a fissare un punto diverso del pavimento. Attaccai con la mia arringa, sintetica e del tutto priva di passione:

– Abbiamo le prove che siete state voi a uccidere Pepe Ruiz. Se qualcuna vuole raccontarmi com'è successo, questo è il momento. Siete in troppe, e non sarà difficile scoprire come sono andate le cose, anche se non parlate. Solo che sarò costretta a mandarvi dal giudice in gruppo, e vedrà lui il da farsi.

[1] Fuente Ovejuna: dalla commedia di Lope de Vega (composta fra il 1612 e il 1614). Le donne del villaggio di Fuente Ovejuna, oltraggiate dal tiranno commendatore, scatenano una rivolta. Il commendatore e tutti i servi vengono trucidati. Il giudice che cerca di identificare i colpevoli ottiene un'unica risposta dagli interrogati: «Fuente Ovejuna».

Seguì un silenzio elettrico, scandito da movimenti minimi.

– Come potete immaginare, non ho intenzione di perdere tempo; poco importa chi di voi ha avuto l'idea, chi l'ha chiuso dentro e chi ha alzato il termostato; ma voglio darvi l'opportunità di essere voi per prime a dirlo, soprattutto per offrirvi un certo vantaggio legale. Non è lo stesso confessare davanti alla polizia e venire interrogati da un giudice dopo essersi rifiutati di rispondere.

Una delle ragazze contrasse il viso in una smorfia e scoppiò a piangere. Pensai che di lì in poi sarebbe partita una girandola di accuse reciproche, ma mi sbagliavo. Il capitano della squadra, ragazza coraggiosa e animata da spirito di solidarietà, non permise al gruppo di lasciarsi andare. Alzò la voce con decisione.

– L'ho chiuso dentro io. Tutte le altre erano d'accordo – disse.

All'assolo di pianto si unirono due o tre voci. Lei continuò senza esitazioni:

– Ma non abbiamo alzato la temperatura. Quando ce ne siamo andate il termostato era al livello normale.

Le chiesi di spiegarsi meglio. Altre voci si unirono al racconto, il che non fece che rendere più difficile la comprensione, ma visto che non si trattava di un romanzo di John Le Carré, la faccenda si chiarì abbastanza in fretta. Le ragazze avevano sopportato un mucchio di brutti scherzi da parte di quel tipaccio, finché non avevano deciso di dargli una lezione.

– All'inizio l'idea era quella di entrare negli spogliatoi degli uomini quando tutti fossero andati via, tirar fuori un coltello e dirgli che gli avremmo tagliato le palle.

Garzón sussultò di fronte a tanta crudezza verbale.

– Ma poi, quando siamo entrate, ci siamo accorte che era in sauna e che si era addormentato, proprio da scemo. Allora abbiamo pensato di chiuderlo dentro. Tutt'al più ci sarebbe rimasto fino all'arrivo della donna delle pulizie. Si meritava ben di peggio.

Garzón girellò intorno alla portavoce della squadra.

– E poi magari avete alzato la temperatura senza pensarci.

La ragazza si ribellò all'istante.

– Senta, non siamo così pazze, sappiamo fin dove può arrivare uno scherzo.

– Però, se pensavate che la donna delle pulizie l'avrebbe liberato...

– Comunque a nessuna di noi è saltato in mente di alzare la temperatura.

– Eppure il termostato era al massimo, e la donna delle pulizie non se ne è accorta. Vi è andata male.

– Come, non se ne è accorta? Ma lei lo sa che caldo fa negli spogliatoi quando la sauna è al massimo? Be', nessuno la alza mai così tanto, ma noi, per gioco, qualche volta ci abbiamo provato. La temperatura sale a una velocità incredibile, e in pochissimo tempo il legno scotta.

Guardai Garzón. Lui, colto da un'identica illuminazione, guardò me.

Rimandammo le ragazze a casa. Garzón era convinto che Pepe Ruiz, se non si fosse addormentato, magari se la sarebbe cavata più a buon prezzo, ma in giro per il mondo ci sarebbe stato un eunuco in più. Non riesco ancora a capire come avesse fatto a passare così rapidamente dall'immagine angelicata delle dolci fanciulle al quadro a tinte fosche delle virago castratrici. Ma il mio collega è così, sempre da un estremo all'altro. In ogni caso l'insinuazione del capitano della squadra era più che ragionevole. Se la sauna scaldava così tanto, chiunque avrebbe dovuto accorgersi che qualcosa non andava. Chiedemmo alla padrona della palestra chi avesse spento la sauna la mattina dopo, e lei ci confermò di averlo fatto lei stessa, trovando il cadavere di Ruiz.

– Era molto calda?

– Ma certo, era rimasta accesa tutta la notte.

– Non può raggiungere quella temperatura in breve tempo?

Si arruffò una frangetta molto spiritosa.

– A dire la verità, non lo so. A nessuno di noi è mai venuto in mente di alzare il termostato al massimo.

Bene, ormai era chiaro quello che dovevamo fare. Andammo nello spogliatoio degli uomini. Girammo sul massimo la manopola del termostato. Le ragazze della squadra di hockey erano uscite alle nove. La donna delle pulizie arrivava alle dieci. Ci sedemmo ad aspettare. Accendemmo una sigaretta, in barba al divieto.

– Lei ci crede? – mi domandò all'improvviso Garzón. – Lei crede che quelle ragazze avrebbero osato minacciarlo di tagliargli le palle?

– Non vedo perché avrebbero dovuto reprimersi. Lui non le lasciava in pace.

– Ma, ispettore, in questo modo si sarebbero messe al suo livello.

– Be', l'uguaglianza è anche questo, no? Non crederà che noi donne dobbiamo volere la parità solo nel bene.

– Io la pensavo così.

– Be', si sbagliava.

Mi accorsi che mi guardava di traverso, mentre allentava il nodo della cravatta. Subito dopo fui io a liberarmi del foulard. Poi Garzón slacciò i primi bottoni della camicia, mentre io mi rimboccavo le maniche fino ai gomiti. Non ci fu bisogno che passasse un'altra mezz'ora, né che il nostro strip-tease arrivasse al nudo integrale, per capire che nel giro di pochi minuti lì dentro non si sarebbe potuto respirare. Mi alzai e andai a toccare la parete della sauna.

– Lei lo passerebbe uno straccio per la polvere qui sopra? – domandai al mio collega.

Lui fece di no con la testa, poi disse: – E se lo facessi, non potrei certo far finta di niente.

Escludere la donna delle pulizie dalle possibili «vittime» delle molestie di Pepe Ruiz era stata una leggerezza. Prima di interrogarla un'altra volta, e per non ricadere in errori di omissione, feci preparare una lista con gli orari di uscita del morto negli ultimi due mesi. Avremmo dovuto arrivarci prima: Ruiz usciva spesso dopo le dieci. Non potevamo sapere esattamente a che ora, perché l'orologio marcatempo non era stato programmato per segnare i passaggi oltre l'orario di apertura della palestra. Nel tabulato, in questi casi, compariva solo la scritta «AFTER HOURS» (l'apparecchio era di fabbricazione svedese). In ogni caso Ruiz avrebbe avuto più di un'occasione per dar fastidio a quella donna, e anche pesantemente, visto che erano soli nei locali.

Questa volta la osservai bene. Occhi un po' allucinati, mani screpolate dai detersivi, capelli rovinati dalle permanenti, un volto che avrebbe potuto anche essere gradevole se non fosse stato appesantito dalla stanchezza e dalle disillusioni. Si sedette a spalle curve, gravata da qualcosa di non detto. Aveva paura, ma era come se quel secondo interrogatorio non la sorprendesse, forse era abituata ad aspettarsi sempre il peggio. Si guardava i piedi calzati da scarpe malfatte. Cercai il suo nome fra le mie carte.

– Rosario... – le dissi. – La chiamano Rosario?

– Mi chiamano Charo – rispose.

– Charo, c'è qualcosa che non quadra nella sua dichiarazione. Vede, noi abbiamo verificato che la sauna doveva essere molto calda quando lei ha fatto le pulizie. È strano che non l'abbia notato, che non abbia abbassato il termostato, che non abbia guardato se dentro ci fosse qualcuno.

– Non me ne sono accorta – disse.

– Non si è accorta che scottava?

– No.

– Però nessuno è entrato o è rimasto nella palestra dopo che lei è andata via. Le porte non sono state forzate, e nemmeno le finestre, quindi mi dica lei come possiamo spiegarcelo.

– Io la sauna l'ho pulita da fuori, e non mi sono accorta di niente.

– Vuole che le dimostriamo che non è possibile?

Se ne stava lì con lo sguardo fisso sulle sue scarpe da quattro soldi. Feci un cenno a Garzón. Ci trasferimmo tutti e tre negli spogliatoi maschili. Chiesi all'indiziata di sedersi, poi si sedette anche Garzón. Accesi la sauna al massimo e mi sistemai accanto a loro, ad aspettare. Offrii una sigaretta al mio collega, e poi a lei, che rifiutò. Noi due fumammo in silenzio. Avevamo deciso di sospendere l'interrogatorio per tutto il tempo, di non fare nessun commento, di non parlare. Il primo quarto d'ora passò con una certa calma. La donna non si mosse, aveva trovato una posizione ieratica che si sforzò di mantenere. Poi il caldo cominciò a farsi sentire. Mi sbottonai il golfino. Dopo venti minuti, Garzón mi chiese il permesso di togliersi la giacca. Glielo concessi. Dopo mezz'ora, lo spogliatoio era un forno. Sul volto della donna scorrevano gocce di sudore. Manteneva la stessa posizione, ma aveva stretto i pugni. Io ero pronta a resistere fino alla fine. Mi alzai in piedi lentamente e, senza un solo gesto di impazienza, raggiunsi la parete di legno e la toccai. Staccai la mano come se mi fossi scottata, esagerando un po' il gesto. Allora vidi che gli occhi della donna mi fissavano, velati dal terrore.

– Si avvicini, venga a toccare anche lei, Charo, per favore.

Lei parlò con voce alterata, titubante.

– Magari ho toccato il termostato con lo straccio per la polvere, senza farlo apposta.

Scossi la testa.

– No, guardi. C'è un dispositivo di sicurezza. Bisogna premere con una certa forza, prima di girare la manopola. È impossibile che capiti per caso. La prego di raccontarci cos'è successo, a costo di rimanere tutti e tre qui per un'ora intera.

Lei scoppiò in un pianto convulso, coprendosi la faccia con le mani. Garzón, sudato come un pugile, fece il gesto di alzarsi per spegnere la sauna. Lo fermai con un braccio.

– Allora, pensa di parlare?

Lei annuì. Il viceispettore partì sparato verso la manopola e la portò sullo zero.

– Stava per venirmi un collasso – dichiarò in tono drammatico.

Chi avrebbe mai pensato a un delitto passionale? Mia madre diceva sempre «Dio li fa e poi li accoppia». «Per ogni pentola, c'è il suo coperchio» diceva la madre di Garzón. Grazie a tanta saggezza materna, riuscimmo ad abituarci all'idea che quel povero disgraziato di un attaccabrighe psicolabile avesse potuto sedurre la nostra indiziata, al punto da renderla capace di uccidere. Forse la loro era una storia semplice, forse no; se non altro era intelligibile e coerente. Pepe Ruiz aveva fatto un'eccezione con Rosario. Non l'aveva molestata, non aveva cercato di intimidirla con scherzi di cattivo gusto o proposte oscene. Al contrario, le si era avvicinato con delicatezza, le aveva dato ascolto, aveva cercato di consolarla per le sue sventure matrimoniali e, alla fine, le aveva parlato d'amore. Come mai un cambiamento simile nella sua personalità? La donna delle pulizie era categorica su questo punto:

– Io fin dall'inizio l'avevo trattato normalmente, gli avevo portato rispetto. Lui aveva i suoi motivi per comportarsi male con la gente. Non penserete che fosse una bestia. Tutti lo guardavano dall'alto in basso, lo evitavano e ridevano. Lo prendevano per il culo, gli facevano le battutine: «Quanti quintali hai tirato su oggi? La prossima volta non venire qui, vai ai mercati generali!». Pensavano che fosse mezzo scemo, ma lui capiva tutto, sapeva che gli altri lo trattavano come un cretino.

Lei e Ruiz si vedevano quasi tutte le sere nella solitudine della palestra. Charo sfogava con lui le tensioni della sua vita miserabile, lui prometteva di portarla verso un mondo migliore. Naturalmente il suo errore era stato quello di promettere qualcosa che era al di sopra delle sue possibilità: allontanarla dal marito, occuparsi dei suoi figli… L'errore di Charo era stato ancora più grave: ci aveva creduto.

– La colpa è tutta di sua madre! – ci gridò in faccia con incredibile energia. – Lui era come un bambino, e lei lo teneva sotto. Quando lui le ha detto che volevamo andare a vivere insieme, quella donna ha cominciato a fare il diavolo a quattro e, non so come, è riuscita a mettermelo contro.

– Gli ha fatto cambiare idea?

– Pepe non voleva più parlarmi. Quella stronza gli aveva ficcato in testa un mucchio di idee assurde. Che io cercavo solo di approfittare di lui, che volevo fregarlo, portargli via i soldi… Non le andava giù che il figlio si staccasse dalle sue gonne.

– Per questo l'hai ucciso?

– Non l'ho ucciso. La sauna era chiusa a chiave quando sono arrivata. E poi c'è un termostato anche dentro, avrebbe potuto abbassare la temperatura da solo.

– Ma si era addormentato.

– Avrebbe potuto svegliarsi per il caldo.

– Sono tutte supposizioni, Charo. Il fatto è che non si è svegliato, e che, a causa di quello che hai fatto tu, adesso è morto.

– Ma sono state le ragazze a chiuderlo dentro.

– Se questo ti consola…

– Non sono un'assassina, ma portatemi pure in prigione, se ci tenete, così finalmente potrò riposare.

Esulava dalle nostre competenze stabilire se la rea confessa fosse un'assassina o no. Spettava al giudice, a tu per tu con i suoi codici e la sua coscienza. Il nostro compito, per fortuna, finiva lì. Era un sollievo non essere costretti ad andare più a fondo in un caso simile. I delitti passionali sono, già di per sé, un bell'imbroglio. Questo, per di più, aveva risvolti così poco brillanti. Che bella storia d'amore! I protagonisti non somigliavano precisamente a Romeo e Giulietta, Paolo e Francesca, Abelardo ed Eloisa. Due poveracci strapazzati dalla vita, rintronati, disprezzati, messi da parte, senza qualità, senza bellezza, senza fortuna. Ma nessuno poteva mettere in dubbio che la loro fosse stata, in fin dei conti, una storia d'amore. Un amore miserabile, forse, una passione priva di grandezza epica o poetica, senza grazia, senza afflato divino, senza spirito di trasgressione. Si incontravano in palestra qualche volta alla settimana, cercavano il rifugio della sauna, dello sgabuzzino delle scope, giacevano su una panca si appoggiavano al cavallo per i salti. Si amavano e si parlavano, dandosi un po' di conforto, dico io. Ma perché mai l'amore dev'essere necessariamente bello, incorniciabile in un dipinto, confezionabile in un romanzo, musicabile in una sinfonia? Niente affatto, ci sono amori che fanno ribrezzo, e che finiscono malissimo. Io, però, preferisco pensare che, per quanto spregevole sia la loro natura, gli amanti trovino sempre un attimo di gloria nel vivere la loro passione. Certo, quello psicolabile era finito come un salsicciotto alla griglia, ma nelle sue particelle carbonizzate doveva esservi pure un po' di polvere innamorata. Quanto alla sua amante, sarebbe finita in galera, dove finalmente, come lei stessa aveva detto, avrebbe potuto riposare. In quelle ore di pace le sarebbero tornate alla mente le parole di tenerezza scambiate in passato e avrebbe potuto ricordarle come la cosa più bella che le fosse mai capitata in vita sua.

Epilogo

– Letteratura da quattro soldi, ispettore – sentenziò Garzón, quando lo resi partecipe delle mie riflessioni filosofiche sul caso appena risolto.

– E allora, lei, che conclusione ne trae?

– Che le donne sono un pericolo costante.

– Accidenti!

– Quel povero diavolo l'hanno tolto di mezzo fra donne, dando una bella dimostrazione di crudeltà.

– Guardi, viceispettore, che la crudeltà femminile è roba da attrici col bocchino d'avorio. Alle donne delle pulizie con il marito alcolizzato rimane solo la disperazione.

– Tutto questo mi va molto bene, Petra, ma non si può uccidere.

Lo fissai schioccando la lingua.

– Che cosa vuol fare adesso, recitarmi le Tavole della Legge?

Scoppiò a ridere.

– Non pretendo certo di essere Dio in terra, anche se qualche miracolo lo so fare anch'io, modestamente.

– Per esempio?

– Per esempio trasformare l'acqua in whisky...

Risi di cuore.

– Che gliene pare se lasciamo perdere questo orrendo commissariato e ce ne scappiamo al bar?

Naturalmente, accettai. Immagino che Garzón sia irrecuperabile alla causa femminile, se pure una causa simile esiste davvero. Mi sa che ormai le cause per cui vale la pena di battersi sono sempre meno, e quelle poche che rimangono sono perse in partenza. In ogni caso non avevo nessuna intenzione di fare la figura della suffragetta col cappellino a fiori e il cartello appeso al collo. Così, attraversai la strada con lui in direzione della Jarra de Oro per buttar giù un paio di bicchieri senza spirito polemico. Brindammo alla salute delle donne, degli uomini, degli amori di bassa lega, degli psicolabili e, quando ormai eravamo davvero brilli, brindammo anche ai dieci comandamenti e perfino a Dio.

La voce del sangue

1

Non sono mai stata in guerra, e non posso vantare una carriera così lunga in polizia da aver visto grandi atrocità. Certo, ho avuto anch'io la mia bella porzione di morti ammazzati nei modi più vari: strangolamento, pugnalata, ferita da arma da fuoco o semplice pestaggio dall'esito letale. Credo però che solo chi abbia assistito a una battaglia piuttosto cruenta possa essersi trovato davanti uno spettacolo simile a quello che mi si presentò davanti agli occhi quella mattina. Era una scena che metteva i brividi, e aveva una sua bellezza, nella sua staticità, oserei dire, come se fosse stata concepita da un pittore dissennato o da un regista programmaticamente intenzionato a provocare lo spettatore. Quattro donne morte in una stessa stanza. Corpi dalla pelle bianca, senza vita. Gambe ripiegate sulle poltrone, braccia abbandonate con le mani inerti, occhi spalancati a cercare inutilmente qualcosa da mettere a fuoco. Un incontro fra amiche passate tutte insieme oltre il confine della morte. Amicizia eterna, ormai. Sangue sul pavimento, sangue sui muri. Sangue dappertutto. Diverse tonalità di colore, dal rosso al marrone scuro. E l'odore inconfondibile dei corpi morti, mescolato con le fragranze di profumi alla moda.

Feci un passo indietro, d'istinto. Mi appoggiai al viceispettore.

– Pensa di stare per svenire? – mi domandò lui, molto professionale.

– Credo di no – risposi, senza esserne troppo sicura.

Una volta chiarito il mio stato di salute, potevamo dare libero sfogo alle nostre reazioni emotive.

– Mio Dio! – esclamai.

– Madonna santa! – mi fece eco, sempre sul registro del sacro, il mio collega.

Poi, non trovammo molto altro da dire. Entrammo nel piccolo soggiorno e cominciammo a camminare fra i cadaveri cercando di non toccare niente. Osservammo la scena da diverse prospettive, ma il risultato generale non cambiava: quattro giovani donne crivellate di pallottole. Da com'erano disposte e atteggiate si aveva l'impressione che stessero chiacchierando con la massima tranquillità quando la morte le aveva sorprese. Tre di loro erano sedute. Una era riversa a terra accanto alla porta.

– Doveva essere in piedi quando le hanno sparato – decretò Garzón.

Annuii, col fiato sospeso, come se le nostre voci potessero disturbare il sonno di quegli esseri addormentati per sempre.

– Certo, – mormorai, e sentii che mi mancava il fiato. Probabilmente persi l'equilibrio, perché il viceispettore corse a sorreggermi.

– Ispettore, è meglio che scendiamo a prendere un caffè.

– Ma è matto, Fermín? Le pare il momento?

– Sì. Non credo proprio che le ragazze si muoveranno di qui. Prima che arrivi il medico legale, la scientifica, il fotografo, il giudice... mi sa che abbiamo tutto il tempo di farci anche una paella!

La sola menzione del cibo mi fece rivoltare lo stomaco. Ebbi un conato.

– Ispettore, per favore, la smetta di fare la dura e usciamocene di qui!

– Ma gli agenti diranno che il capo non ha un minimo di sangue freddo.

– Sì, ma almeno la vedranno in piedi.

Mi spinse fuori dal soggiorno. Percorremmo il corridoio stretto e buio. Dal fondo della casa continuavano a provenire dei lamenti strazianti, animaleschi, da lupa presa alla tagliola, da cetaceo con l'arpione piantato nel costato. Sulla porta, un agente montava la guardia. Ci rimase di sasso a vederci uscire.

– Se ne va, ispettore?

– Andiamo a fare colazione – rispose Garzón.

– E la donna?

– Non ci sono due agenti con lei?

– Sì, ma non la smette di urlare!

– Meglio, così quando dovremo interrogarla si sarà già sfogata.

Uscimmo nelle strade dell'Ensanche barcellonese, che di colpo mi parve ampio e sereno come una prateria. Garzón mi spinse verso un bar dall'aria anonima. Ci sedemmo al banco e lui ordinò anche per me.

– Due cognac, per favore! – Poi, guardandomi: –

E dopo il cognac, mangiamo qualcosa. Prima, la terapia.

– Neanche per sogno. Io non me la sento proprio.

– Mi scusi, ispettore, ma adesso gli ordini li do io. Di massacri ne ho visti più di lei.

– Anche il massacro di Fort Apache?

– Mi prenda pure in giro, ma le assicuro che è così. Una volta mi son trovato davanti tre camionisti ammazzati a fucilate. E un'altra, in aperta campagna, vicino a Salamanca, ho visto un gregge di pecore colpito da un fulmine. Non ne era rimasta una viva.

– Insomma, Garzón, non so se sia il caso di fare il paragone con le pecore!

– Lasci perdere, la voce del sangue parla sempre la stessa lingua. La lingua dell'orrore. E poi ci sono i camionisti.

– Be', quelli sì.

– E allora, mi dia retta, butti giù un bicchierino, la calmerà.

– Forse riuscirò solo a vedere le pecore doppie, ma se lo dice lei...

Aveva ragione. Dopo essermi ustionata la gola con quell'orribile cognac, e aver sentito la sua fiamma liquida scendermi nelle budella, mi sentii un po' riconfortata. Non ebbi lo stomaco per un panino al tonno come quello che si sbafò il mio collega, ma per evitare di beccarmi un'altra predica, con annesse descrizioni di stragi umane o zoologiche, ordinai una ciambellina e mi sforzai di mordicchiarla.

– Brutto affare – filosofò il mio collega con i baffi

cosparsi di briciole. – Ma che il delitto sia stato commesso in un bordello sembra quasi renderlo meno grave. Non è mica tanto giusto, vero?

– Perché? Quell'appartamento sarebbe un bordello?

– Così dicono i vicini, un centro di massaggi...

– E le ragazze...?

– Sì, immagino che ci lavorassero.

– Allora non sarà facile.

– È quello che temo anch'io. Un cliente, una storia di droga, una vendetta...

– Ma la gravità rimane la stessa, Garzón. Quattro donne assassinate sono quattro donne assassinate, che lavorassero o no in un bordello.

– Sì, quattro ragazze. Si sente meglio, adesso?

– Molto meglio.

– Tanto da poter affrontare un branco di elefanti maciullati da un ciclone?

– Perfino le voci bianche di Vienna fucilate in batteria.

– E allora andiamo. Saranno già tutti lì.

Aveva ragione. Quando tornammo sul posto c'era già tutta la truppa, più un assembramento di curiosi che, insieme ai vicini trepidanti, formava il contorno abituale della scena di un crimine.

Il medico legale alzò a malapena gli occhi dai corpi per salutare. Aveva il suo bel daffare, quella volta.

– Tutte alla stessa ora, naturalmente – osservò, asciugandosi il sudore sulla fronte. – Direi verso le tre del mattino.

– Segni di colluttazione?

– No, sono bastati gli spari. Nessuna ha opposto resistenza. Io credo che non abbiano nemmeno reagito.

– Volevano farle fuori.

Mi guardò con il volto contratto dalla tensione. Alzò le spalle.

– Questo dovrete stabilirlo voi. Una cosa è chiara: o l'assassino aveva un istinto sanguinario o non poteva assolutamente permettersi di sbagliare. Le ha colpite tutte e quattro almeno tre volte. Non ha mirato molto bene ai centri vitali, ma con tre proiettili a testa, nessuna poteva cavarsela.

Rabbrividii. Il fotografo si faceva strada fra i corpi scattando istantanee. Era un macabro gruppo fotografico in assoluto riposo. Due specialisti prelevavano impronte dai mobili e infilavano oggetti in buste di plastica. I movimenti di tutti loro intessevano una coreografia di morte resa ancora più macabra dal numero dei corpi.

Uscimmo dalla stanza; la nostra presenza serviva a ben poco, lì. Andammo a interrogare la donna, l'urlatrice indefessa che ora taceva. Secondo le informazioni ricavate dal viceispettore era lei la tenutaria della casa d'appuntamenti, la *madame*, come si diceva una volta. Rimasi molto colpita nel vederla. Aveva un fisico che esulava dai parametri della gente normale, perfino da quelli delle *mesdames*, se queste possono rientrare in un modello. Era alta, corpulenta, decisamente anziana, oltre la sessantina, e aveva gli occhi carichi di ombretto turchese slavato dal pianto. I capelli erano di un giallo sgargiante, le mani coperte di anelli. Portava una specie di camicia da notte rosa più infiocchettata di un *porte-enfant* ottocentesco. Ma proprio come io la stavo studiando, lei si mise a studiare me. Non appena riuscimmo a farci reciprocamente un'idea di chi avevamo davanti, io sorrisi per puro automatismo di cortesia e lei si mise a piangere, ritenendolo forse suo dovere. Paragonandola a un cetaceo, quando l'avevo sentita gridare dal corridoio, non ero andata molto fuori strada. Ora che mi trovavo al suo cospetto, mi pareva di avere di fronte Moby Dick la balena bianca.

– Stavamo così bene tutte insieme! Le mie bambine, i miei cuoricini! Questa casa era come un nido pieno di colombelle! Le mie bambine! Chi me le ha ammazzate?

– Signora, per favore – Garzón si sforzò inutilmente di calmarla. – La prego di contenersi.

Un lamento profondo e viscerale fu l'unica risposta Riprese con la litania delle colombelle morte. Capii che non ci si poteva difendere da una tempesta con un misero ombrello. Mi misi a urlare anch'io.

– Basta, o la metto agli arresti per resistenza a pubblico ufficiale!

Probabilmente valse più la potenza del grido, che quel richiamo all'ordine, ma il mio intervento funzionò. La signora in camicia da notte rimase zitta all'istante e mi guardò con una certa curiosità. Solo allora cominciammo a intenderci.

– Mi dica il suo nome, per favore.

– Agripina è il mio nome di battaglia.

– Lasci stare le battaglie e mi dica come si chiama.

– Josefa Escudero, ma mi chiami Agripina, se no non arriviamo da nessuna parte.

– Va bene. Può dirmi cos'è successo qui dentro?

– Ieri notte mi sono coricata all'una. Stamattina mi sono svegliata, sono andata nel salone e...

La bloccai prima che ricominciasse col pianto.

– Non c'era nessuno nella casa quando è andata a dormire?

– Sì, c'erano le ragazze con qualche cliente. Di solito nessuno si trattiene fin dopo le due. Poi le ragazze rimangono a chiacchierare e a riposarsi un po', se la prendono comoda.

– Non invitano mai nessuno a prendersela comoda con loro?

– Mai, è una regola della casa. Alle due i clienti se ne vanno. Vede, anche se questa è una casa di appuntamenti, siamo molto attente al regolamento. Dovrei raccontarvi un po' la mia storia per farvelo capire.

E lo fece. Ci raccontò la sua storia. Una storia a cavallo fra Buñuel e la commedia andalusa, che sia io che Garzón non avremmo dimenticato tanto in fretta.

2

La storia di Agripina si riassume così: in quello stesso appartamento, molti anni prima, Agripina aveva un laboratorio di ricamo. Ma si sa come vanno le cose, in questi tempi di economia globalizzata nessuno apprezza più il lavoro manuale ben fatto e l'impegno personale. Ormai chi le fa più ricamare le lenzuola, le tovaglie, le cifre sulle camicie? Giunta sull'orlo del collasso finanziario, Agripina decise una riconversione totale, lei così la definì. Le strade della vita l'avevano condotta a pensare a una casa di appuntamenti; ma, e qui stava secondo lei la differenza, una casa all'antica, con regole precise e una certa moralità. Solo ragazze semplici, estranee alla droga e alla delinquenza, solo clienti di fiducia, solo servizi tradizionali che escludevano qualunque perversione. E orari rigorosi. Era un modo per risparmiarsi la presenza di un protettore. La miglior difesa è la prevenzione, dichiarò Agripina, orgogliosa come una capitana d'industria.

– Basti dire, tanto per farvi capire fino a che punto andavano bene le cose, che un signore di Logroño, che viaggia spesso per lavoro, da dieci anni a questa parte, ogni volta che viene a Barcellona non manca mai di fare una visitina qui da noi. Questo dice già tutto, o no?

– Sì – si affrettò a rispondere il mio collega, temendo che ci venisse propinato un capitolo extra di quella narrazione surreale.

– Perfetto. Quindi non avrà nessuna difficoltà a dirci chi fossero i clienti di fiducia che sono stati qui ieri sera – intervenni io.

Il turchese violento delle sue palpebre contrastò ancor di più col bianco degli occhi, alzati al cielo.

– Ispettore, per favore, non dirà mica sul serio!

– Certo che dico sul serio.

– Ma è come se io le chiedessi i nomi delle sue conoscenze nell'FBI.

– Io non ho conoscenze nell'FBI.

– Vede, il fatto è che anche se volessi dirle chi sono, non lo so.

– E come fa allora a capire quali sono i clienti di fiducia?

– L'importante è che siano sempre gli stessi, e che i nuovi vengano per raccomandazione di quelli che conosco già. Semplice. E ne abbiamo sempre di nuovi, sa? Non creda che il lavoro ci manchi.

– E le ragazze? Sono state tutte assassinate?

– Mancava Aurora. Lei va sempre a casa appena ha finito, verso le due. Vedrà quando arriverà oggi, come ci rimarrà.

– Agripina, abbiamo bisogno di tutti i dati delle sue ragazze. Come si chiamavano, dove abitavano, com'è composta la loro famiglia.

– Io so quello che mi hanno detto loro. Immagino sia la verità.

– Torniamo a ieri notte. Non ha sentito niente, non ha visto niente, non ha notato nessun movimento sospetto?

– No di certo. Tutto è andato come al solito. Non ho sentito niente, né rumori né voci. E non c'è da stupirsene, io dormo benissimo.

Era più tranquilla, ora che aveva parlato, ma tutto quello che aveva detto rendeva molto meno tranquilla me. I fronti dell'indagine si moltiplicavano in modo allarmante. L'assassino doveva essere qualcuno che le ragazze conoscevano, altrimenti non gli avrebbero aperto e non l'avrebbero fatto entrare nel salone, ma quella persona poteva trovarsi fra i fidanzati e i familiari delle vittime, così come fra gli anonimi clienti, o fra i nemici della stessa *madame*. Perfino il rispettabile signore di Logroño poteva essere l'assassino, anche se mi guardai bene dal prospettare ad Agripina questa eventualità. Prima di concludere la conversazione, la guardai bene negli occhi e le chiesi:

– Agripina, se ha dormito tutta la notte, perché non si è struccata?

Mi accorsi dal suo volto che aveva accusato il colpo. Poteva sentirsi colta in fallo, oppure essersi spaventata alla prima domanda che poteva implicare un sospetto di colpevolezza.

– Ispettore, non sono più così giovane, come potete ben vedere. Per tirare avanti fino alle due del mattino, a volte devo prendere qualcosa. Di solito, due cita di whisky. E certe notti sono così stanca che non riesco neppure più a occuparmi di me stessa.

Sorrise come certe nonne un po' vezzose, che danno per scontata la nostra complicità.

– Lei che ne pensa, Garzón? – gli chiesi, richiudendo la porta.

– Non so cosa pensare. Io non la scarterei dalla lista dei sospetti.

– Neppure io, tanto più che quella lista non esiste.

– Ma prima o poi esisterà. Che ne dice di fare una visitina a quell'Aurora? La vecchia le ha dato l'indirizzo?

Annuii di malavoglia. Mentre salutavamo il giudice tornai a provare l'angoscia dei primi momenti. Guardai di nuovo le colombelle morte. Lì c'era dell'odio, impossibile che qualcuno uccida con tanta pervicacia per denaro o per affari. Fortunatamente, potevamo andarcene. Concluse tutte le formalità, lasciammo che il giudice sovrintendesse alla rimozione dei cadaveri come a una funebre gara di sollevamento pesi.

Non fu difficile trovare Aurora Fernández. L'indirizzo che avevamo era quello giusto. Lei stava ancora dormendo, anche se era già mezzogiorno. Ci ricevette un po' stupita, ma senza la minima diffidenza.

– Siete della polizia? E volete vedere me?

Garzón le raccontò della tragedia, e lei fu quasi incapace di reagire. Portò le mani alle tempie e chiuse gli occhi. Io la osservavo con assoluta avidità. Doveva essere sulla trentina. Era bella. Capelli neri, tratti per nulla volgari, mani bianche e lunghe, una certa eleganza nel portamento.

– Mio Dio, che orrore! Com'è potuta succedere una cosa simile?

Si coprì la faccia e scoppiò in singhiozzi. Cercai assurdamente di confortarla dandole dei colpetti sulle spalle.

– Si calmi, la prego, abbiamo bisogno di parlare con lei.

– Posso bere qualcosa di forte? Credo che mi farebbe bene.

Glielo permisi, dal momento che il viceispettore adottava gli stessi rimedi. Bevve un sorso di whisky, e le tornò un po' di colore al viso.

– Non posso ancora crederci! E io mi sono salvata! Me ne andavo sempre prima delle altre, immagino sia stato solo questo.

– Come mai andava via prima?

– Be', io ho cominciato a lavorare da Agripina molto dopo le mie colleghe, poco più di sei mesi fa. Loro erano tutte molto amiche, io un po' meno, anche se non mi erano antipatiche.

– Capisco. E cos'ha fatto ieri notte dopo le due?

– Sono venuta a casa. Ho fatto una doccia, mi sono preparata qualcosa da mangiare. Ho ascoltato un po' di musica alla radio e poi sono andata a dormire.

– Qualcuno l'ha vista?

– Non lo so, forse. Era molto tardi.

– Quindi potrebbero non esserci testimoni in grado di confermare quello che ha detto.

– Ah, adesso capisco! No, testimoni no. Ma cosa credete? Che sia stata io a far fuori le mie colleghe? Bella campionessa di omicidio, sarei. Non vi pare?

– Noi non crediamo ancora niente. Lei è viva e le altre no. Abbiamo il dovere di fare le nostre indagini.

– Mi pare un'ottima cosa. Speriamo che almeno le indagini servano a prendere il figlio di puttana che le ha uccise.

– Per questo le facciamo.

– Già.

Non sarebbe stato facile con lei, sembrava una che ne aveva viste tante, dura e disillusa. Eppure, avevamo bisogno del suo aiuto per far luce sulle vicende personali delle sue colleghe. Per poco che parlasse con loro, di sicuro ne sapeva più di Agripina. Cercai di non mettermela contro.

– Sia gentile, Aurora, ci parli delle sue colleghe.

– Che cosa volete sapere?

– Tutto quello che sa lei.

Tirai fuori la mia lista di nomi e cognomi.

– Flora Domínguez.

– Era la più vecchia, insieme a me. Non le era andata molto bene nella vita. Aveva un figlio di dieci anni che viveva con i suoi, a León. Non lo vedeva quasi mai, si vergognava di quel che poteva pensare il bambino.

– Si drogava, aveva problemi economici?

– Be', nessuno che abbia un bel conto in banca fa il nostro mestiere, ispettore.

– A parte questo, lei sa se il solo fatto di avere un figlio la costringesse a qualche sforzo particolare, se avesse dei debiti?

– Non credo, era una ragazza normalissima. E poi, avere figli non è niente di straordinario fra le donne che fanno questa vita. Di solito li parcheggiano dai genitori o da qualche ex collega, e se ne disinteressano tranquillamente.

– Cosa mi dice di Lola Buendía e di Manuela Galván?

– Bah!

– Cosa vuol dire bah?

– Erano due stupide, due poverette, gente senza sugo. Una era stata sposata. Manuela no, Manuela doveva aver fatto la puttana da quando era nata. Le piaceva, si divertiva.

Ci guardò con uno sguardo carico di sfida. Non sembrava molto caritatevole nei confronti delle sue colleghe. Guardai di nuovo la lista. Quello che lessi mi fece fare un salto.

– È vero quel che c'è scritto qui? Pilar Salvat aveva solo vent'anni.
– Era una ragazzina, questo sì. Mi sono sempre chiesta cosa diavolo ci facesse in quella casa. Non poteva guadagnarsi da vivere in qualche altro modo? Questo dimostra che ci sono tante ragazze che non ci pensano su due volte, pur di non lavorare.
– E lei?
– Io, cosa?
– Lei critica le altre, eppure non si è dedicata alle faccende domestiche.
Vidi brillare l'odio nelle sue pupille dure.
– Sono solo sei mesi che faccio la vita, e credo che smetterò. È uno schifo.
– E prima? Dove lavorava?
– Facevo le pulizie. Uffici e banche.
– Perché ha smesso?
– Ero stufa di spezzarmi la schiena dalla mattina alla sera per quattro soldi. Ho voluto provare.
– Ha una famiglia?
– I miei sono morti, non ho nessun altro.
– È sposata, ha un fidanzato?
– No, e non mi passa neanche per la testa.
Un mezzo sorriso mostrava bene fino a che punto quell'interrogatorio le ispirasse un profondo disprezzo. Disprezzava le altre donne, disprezzava il nostro lavoro, forse disprezzava anche se stessa. E la cosa più terribile era che probabilmente non le mancavano i motivi per avere una simile idea del mondo. Ce ne sono di persone così. Ci si domanda da dove tirino fuori la forza

per continuare a vivere. Eppure Garzón non fu d'accordo con me. Poteva essere semplicemente una che voleva passarsela bene senza preoccuparsi degli altri. Ma la cosa su cui tutti e due fummo d'accordo era la sua durezza di carattere. Una durezza senza concessioni, senza speranza, senza illusioni.

– Non sarà facile trattare con lei.

– Il fatto che sia rimasta viva basta a renderla sospetta?

– Mi sa di no. Se andava sempre a casa prima delle altre...

Chiedemmo ai vicini. Una signora confermò la sua versione. Aveva sentito della musica provenire dall'appartamento di Aurora verso le tre del mattino. Ad alto volume. Avrebbe voluto andare a protestare, ma era troppo stanca. Un'ora dopo, verso le quattro circa, la musica aveva smesso. Era un alibi minimo, ma pur sempre un alibi. Ad ogni modo, che motivo avrebbe avuto quella donna, pur con tutto il suo cinismo, per togliere di mezzo quattro colleghe con le quali non aveva quasi a che fare?

Il rapporto dell'esperto balistico arrivò il giorno dopo. L'arma era una Beretta calibro 22, un modello reperibile sul mercato nero con una certa facilità. Sarebbe stato difficile risalire a chi l'aveva venduta. In ogni caso richiedemmo una piccola indagine sugli eventuali acquisti di quel genere nei quartieri del crimine, e anche nell'ambiente della prostituzione.

– Che non si dica che non ci abbiamo provato – disse Fermín, dimostrando la sua poca fede.

Per esaurire tutte le procedure d'obbligo, anche se di dubbia utilità, ordinammo accertamenti su tutte le vittime quanto a uso di stupefacenti ed eventuali debiti, contratti con le banche o con qualche usuraio.

Noi, da parte nostra, avremmo cercato di scoprire qualcosa di più sulla vita di quelle ragazze sventurate per le quali il giudice aveva finalmente rilasciato il permesso di seppellimento.

3

La settimana successiva fu occupata dai funerali. Andammo a tutti e quattro, per vedere se si presentava qualcuno che non figurava nell'esiguo numero dei parenti delle vittime. Ma tutti i nostri sforzi furono inutili, e lo spettacolo, nel suo complesso, desolante. Al funerale di Flora Domínguez c'era solo la sorella; l'unica della famiglia capace di perdonarle il suo passato burrascoso. A quello di Manuela Galván venne la madre, seguita da un inconsolabile gruppo di travestiti. A quello di Lola Buendía si presentarono le amiche, tutte con l'aria di esercitare lo stesso suo mestiere. Infine, a quello della giovanissima Pilar Salvat, non venne nessuno, tranne l'addoloratissima *madame*, che aveva onorato della sua presenza le esequie di tutte le sue pupille. Pianse tutte e quattro le volte, nello stile raffinato che già le conoscevamo, lanciando alte grida qua e là. Al funerale della ventenne, trovandosi da sola, ebbe tutta la scena per sé, e i suoi ululati compensarono la mancanza di altri dolenti. Fu un assolo operistico che giunse quasi a strappare gli applausi del prete.

Come mai quella povera ragazza non era riuscita a reclutare con la sua morte un solo essere umano? Non c'era da stupirsene, in fondo. Parenti, non ne aveva. Era stata allevata dai servizi sociali della città, ed era uscita da un istituto a diciott'anni col pretesto di un contratto di lavoro. Alla fine un lavoro l'aveva trovato davvero. Agripina l'aveva accolta e l'aveva messa a lavorare nella sua casa, la teneva perfino a vivere con sé. Diceva che le faceva pena saperla così indifesa.

– Era come una figlia per me! Pensi che tutte le mattine mi portava il caffellatte in camera! Non mi riprenderò mai da questa perdita, dovessi campare cent'anni.

Cercammo di ricostruire la storia dell'orfanella. L'avevano trovata in casa di una vecchia deceduta all'improvviso, che si occupava di altri quattro o cinque bambini, tutti figli di prostitute. I piccoli presentavano segni di denutrizione e passarono sotto la tutela di un giudice. Furono sistemati in vari istituti e comunità, e alcuni di loro vennero dati in adozione. Nessuno andò a reclamare Pilar. Ero impressionata.

– Che vita miserabile!

– C'è molta gente che passa per esperienze simili. Una volta era ancora peggio, i servizi sociali non c'erano. Quando ho cominciato a fare questo mestiere, ci capitò di trovare una bambina che lavorava come una schiava in una vecchia locanda. Aveva nove anni, dormiva in uno sgabuzzino e le facevano fare la fame. Aveva le gambe sottili come filo di ferro.

Al viceispettore Garzón piacevano le storie truculente o, se non altro, gli piaceva venirmele a raccontare. Sapeva bene che sono di stomaco delicato e che detesto i romanzi d'appendice e i racconti dell'orrore. Cercai di fermarlo.

– Magnifico, Fermín. E non è finita carbonizzata dal fulmine? Avrebbe completato bene il quadro della bambina affamata.

– Certe volte, ispettore, penso che lei il cuore non ce l'abbia proprio.

– Meglio così, se mi tocca affrontare tanta miseria morale.

Mi guardò storto e scosse la testa come un prete che deplora l'incoscienza umana.

Le vite delle altre vittime non erano molto più edificanti; avrebbero potuto servire d'ispirazione a Dickens o a qualche autore del realismo patetico. Chi l'avrebbe detto che nell'epoca di internet tanta gente vivesse ancora nel limbo dell'emarginazione più classica? Una delle ragazze era stata cacciata di casa. Un'altra aveva fatto tutti i mestieri più umilianti e peggio pagati fino a giungere alla prostituzione pura e dura. Quella che era stata sposata era stata piantata dal marito che non le aveva più passato un soldo. Riassumendo: un mondo felice di cui era un piacere sentirsi parte. E c'era voluto un crimine perché quelle storie terribili venissero alla luce. I giornalisti erano in sollucchero. La strage di calle Ausias March cominciò a essere seguita da migliaia di lettori. Per fortuna lo stesso commissario Coronas si eresse a portavoce ufficiale delle indagini, risparmiandoci la seccatura di dovercela dare a gambe tutte le volte che compariva qualcuno con una macchina fotografica.

Ancora una volta si mise in moto un meccanismo dei più scontati. I parenti delle ragazze, che si erano rifiutati di parlare con la polizia, erano felicissimi di sciogliere la lingua con la stampa, dopo essere stati unti con qualche bustarella. In ogni caso, raccontavano un sacco di baggianate e aneddoti inutili. Garzón ed io cercammo di tenerci il più possibile fuori da quel circo immondo, senza riuscirci completamente, purtroppo. Non potevamo fare a meno di arrabbiarci quando un testimone ci rispondeva che aveva già detto tutto in esclusiva alla rivista X. Altre volte, i giornalisti ci precedevano nelle indagini. Successe con l'ex marito di Lola Buendía, per esempio. Non era facile rintracciarlo, ma c'eravamo quasi riusciti quando ce lo ritrovammo in televisione. Ci avvertì il viceispettore Muñoz, e ci passò il video che aveva registrato. Lo guardammo allibiti in una sala audiovisivi del commissariato.

Era ancora giovane, aitante, capelli leccati dal gel, con l'aria di chi si sente superiore alla media nazionale. Portava la camicia aperta con un enorme medaglione d'oro, e guardava direttamente nell'obiettivo senza il minimo imbarazzo. Sparò una sfilza di frasi slegate, da telenovela da due soldi, circa la sua ex moglie. Era finita su una cattiva strada, lui l'aveva avvertita cento volte, aveva sofferto moltissimo per colpa sua, ma era una brava ragazza, peccato avesse un carattere così debole... Sentii affluire il sangue al viso, dovevo essere rossa come un peperone. Lui si era rifatto una vita con un'infermiera, adesso aveva due figli. Non era possibile condurre una vita normale con Lola. Ma lei era fatta così, nessuno poteva aiutarla.

Saltai su dalla sedia come se avessi preso la scossa.

– Brutto stronzo! Lascia che ti scovi, e allora vedremo se qualcuno ti può aiutare! Io ti rovino, lo faccio sapere a tutto il paese che sei una canaglia schifosa, che non le hai mai dato un soldo! Io ti accuso di omicidio! Ti sbatto in galera!

Il mio collega si allarmò.

– Calma, chiunque la senta può pensare che lei parli sul serio.

– Certo che parlo sul serio, cosa crede?

– Ma se non sappiamo nemmeno se dice la verità.

– Nessun ex marito dice mai la verità. Sembra impossibile che non abbia ancora capito le regole fondamentali, Fermín. Chiami immediatamente quella trasmissione del cavolo e si faccia dire dove hanno trovato quel pezzo di merda.

– Ai suoi ordini, ispettore.

– E gli faccia i complimenti da parte mia per l'impegno sociale dei loro servizi.

Annuì, senza approvare minimamente la mia collera. Non so cosa mi mandi più in bestia, se vedere uno stronzo che si atteggia ad anima bella, o rendermi conto che la gente è disposta a fargliela passare liscia solo perché lo vede in televisione. Non me ne importava un accidenti se il mio collega non era d'accordo, o se mi accusava di essere parziale; una sana incazzatura di tanto in tanto ti dà la grinta per andare avanti e ti tira su il morale.

Andammo a cercarlo. Faceva il controllo tempi e metodi in una fabbrica. Non gli era nemmeno passato per la testa di presentarsi spontaneamente alla polizia, ma i giornalisti, quelli sì, li aveva contattati.

Garzón, temendo che non fossi corretta nell'interrogatorio, mi chiese di essere lui a tenere banco. Accettai, non avevo poi così voglia di rivolgere la parola a quell'individuo ripugnante. Non appena ci presentammo, alzò la guardia. Sapeva di non essersi comportato bene, e cominciò goffamente a scusarsi. Disse che non se l'era sentita di venire da noi, che quel che aveva da dire non poteva esserci utile... Il viceispettore lo interruppe subito.

– Si limiti a rispondere alle nostre domande.

– Va bene. Cosa volete sapere?

– Quando ha visto Lola per l'ultima volta?

– Sarà stato circa due anni fa.

– In quale occasione?

– Mi aveva cercato per chiedermi dei soldi, come sempre. Ne voleva sempre di più. Non mi lasciava in pace, mi perseguitava...

– Al punto da spingerla a uccidere?

Di colpo si rese conto che quel che diceva davanti a noi poteva avere gravi conseguenze. Si morse impercettibilmente le labbra e cominciò a sudare.

– Sentite, erano due anni che non sapevo niente di lei. Quando si è convinta che non mi avrebbe più cavato un soldo, ha smesso di disturbarmi.

– Ma lei le aveva dato del denaro qualche volta?
– Sì, qualche volta.
– E poi aveva smesso di farlo?
Qualunque risposta avesse dato, l'avrebbe messo in cattiva luce. Aveva la stoffa del sospetto.
– Non le ho mai dato un fisso mensile, come fanno altri mariti. Io non mi faccio prendere per i fondelli.
Fin lì mi ero comportata benissimo, non avevo detto una parola. Ma dopo aver sentito una cosa simile non riuscii più a contenermi.
– Fantastico, e magari la presa per i fondelli era stata stabilita da un giudice, e tu te ne sei fregato! Che fortuna che Lola non ti abbia denunciato come fanno altre donne con i loro ex mariti!
– Senta, le altre ex mogli non si mettono a far le puttane.
– Certo, e questo ti ha fatto molto comodo come scusa per lasciarla senza un quattrino. Vergognati!
L'interrogato cominciò a guardare verso il viceispettore implorando il salvataggio.
– Senta, le dica di non insultarmi. Io sono un cittadino che paga le tasse.
Garzón alzò le spalle.
– Non posso dirle niente, è il mio capo.
Mi gettai su quel tizio e lo presi per i risvolti della giacca.
– Dov'eri all'ora del delitto, brutto bastardo, eri andato a pagare le tasse?
Decisamente spaventato, rispose:

– Ero a casa mia che dormivo, con mia moglie e i miei figli. Ero rientrato alle nove di sera, il vicino di pianerottolo glielo confermerà. Non stava bene e mi ha chiesto di prestargli il giornale.

– Controlleremo, controlleremo tutto quello che hai combinato in vita tua, e ti giuro che al minimo sospetto finisci dentro.

Speravo che quella strapazzata bastasse a impedirgli di tornare a pavoneggiarsi in televisione. Ma, naturalmente, il viceispettore mi disapprovò.

– Mi dica cosa vuole, ispettore, che quell'uomo ci racconti qualcosa di interessante o che le diano la medaglia del femminismo radicale? Perché le assicuro che lo stato d'animo in cui l'ha messo non è certo l'ideale per una confessione.

– Non credo che sia lui il colpevole. Avrebbe scelto un momento in cui Lola era da sola. Perché accollarsi tre cadaveri di troppo?

– E se avesse agito accecato dall'ira?

– Le pare il tipo capace di sentimenti estremi? Io credo che tutti i suoi atti portino impresso il marchio della banalità, e questo non è un delitto banale. Ad ogni modo, cerchi di scoprire tutto su di lui, anche di che colore ha il pigiama, e se il colore non è di mio gusto, troverò il modo di sbatterlo dentro.

– Dio ci scampi dalle donne incazzate!

– E anche da quelle assassinate, Garzón, che sono quattro, in questo caso. Spero che se ne ricordi.

Sospirò profondamente, manco fosse lo stesso Giobbe.

4

Gli amici travestiti di Manuela Galván erano simpatici e disposti a parlare. Fin troppo, forse. Mi riempirono l'ufficio di urletti gioiosi e di improvvise esplosioni di dolore con appelli rivolti a varie autorità ultraterrene, la Madonna e l'Altissimo, in particolare. Non era facile coordinare le loro dichiarazioni, ma presto il mio assistente ed io ce la sbrogliammo. Bastava lasciarli esclamare e lamentarsi dell'ingiustizia del mondo finché non si erano sfogati. Poi venivano le precisazioni.

– Ce l'aveva un fidanzato Manuela Galván?

– Manuela? Manco per sogno! Non si fidava degli uomini, gliene avevano fatte di tutti i colori. Perché crede che fosse amica nostra? – rispose un ragazzino drappeggiato in una tunica orientale.

– Ma bisogna dire che neppure le piacevano le donne, di quelle si fidava ancora meno. Di noi sì, forse perché non siamo né carne né pesce.

Un coro di risate, grida scandalizzate e proteste, come una batteria di fuochi d'artificio.

– Signori, per favore, siamo in un commissariato! – li riprese Garzón.

– E va bene, agente, ma mi domando cosa ci facciamo qui.

– Dovete aiutarci a far luce sul crimine, signori. E per questo bisogna che siate sinceri e diciate la verità.

Quello più vecchio, che faceva da portavoce, si fece tutto serio e con gesto teatrale si rivolse direttamente a me.

– Mi dica quello che volete sapere e io ve lo dirò.

– Noi sappiamo che eravate molto affezionati alla vittima, che era vostra amica, ma avete il dovere di rivelarci le sue debolezze.

– Debolezze? Tutte! Noi che viviamo... come viviamo, siamo i più deboli della società. Chiunque può offenderci, prenderci in giro, perfino ammazzarci...

Un silenzio freddo invase la stanza. Gli scherzi erano finiti.

– Mi riferisco ai suoi punti deboli. Se si drogava, se aveva un protettore, se si era ficcata in qualche brutta storia, se aveva debiti...

Il travestito rifletté bene sulla risposta, prima di parlare.

– No, non aveva nessun protettore. Per questo lavorare con la vecchia Agripina le andava bene. Non doveva soldi a nessuno, che io sappia. Quello che guadagnava le bastava per vivere, e anche per divertirsi, che poi era la sola cosa che le piaceva davvero, uscire, ridere e scherzare. Quanto alle droghe... niente di speciale, qualche spinellino, qualche pista di coca... come tutti. Ma sono sicura, ispettore, lei che è una donna moderna, anche lei qualche pista se la farà di tanto in tanto, o no?

– Lasciamo stare la mia modernità. Lei crede che qualche spacciatore possa aver voluto riscuotere il suo debito sparando a lei e a tutte le altre?

– No, impossibile. L'avremmo saputo. Se avesse avuto un problema del genere, ce ne avrebbe parlato.

– Allora, dal suo punto di vista, chi avrebbe potuto ammazzarla?

– Le interessa davvero la mia opinione?

– Ma certo.

– Io credo che sia stata sua madre.

– La signora che è venuta al funerale?

– Non si lasci ingannare da quella sua aria da bigottona. Era un'arpia, una bestia, un mostro. Si vergognava della figlia, le telefonava di continuo per dirle che era una peccatrice e che sarebbe andata all'inferno. La odiava. Era un'integralista cattolica precisa identica a un talebano. Anzi, peggio.

La nutrita claque *en travesti* fu sul punto di applaudire. E non riuscimmo più a scollarli da quell'ipotesi. La signora Galván, una vedova di quasi settant'anni, ci venne dipinta come il diavolo in persona. Tanto che, non appena il gruppo ebbe levato le tende, chiesi a Garzón:

– Lei che ne pensa?

– Io? Cosa vuole che le dica, una tavanata di quella gente, ispettore, non posso pensare altro.

– Un assassinio motivato dalla religione spiegherebbe il massacro; in genere succede proprio così.

– Sì, Petra, ho già capito: dovendo scartare un marito maschilista, il crimine religioso è quel che la tenta di più, vero? Le sue fissazioni preferite, se non sbaglio.

– Sta forse insinuando che mi lascio trasportare dalle mie ossessioni private?

– Miseria, ispettore, qui ci manca solo che accusi un neonazista per avere il catalogo completo delle sue idee!

– Come al solito si sbaglia, mio caro viceispettore. Se le testimonianze continuano ad allontanarci dai soliti moventi, come la droga o il denaro, bisognerà pure cercare qualcos'altro, no? E una madre talebana potrebbe benissimo perdere il lume della ragione.

– E comprarsi una pistola al mercato nero? Ma andiamo, ispettore, non mi faccia ridere!

– Se ne son viste di cose strane! Chiami la madre della Galván e le dica che vogliamo vederla. Voglio interrogarla e fare un sopralluogo in casa sua.

– Le verrà un infarto a quella povera donna.

– Eccola qua, la voce del sangue! Non è vero, Garzón? Chi ha parlato di fissazioni? Una madre è troppo per lei?

– Per me? Guardi che se vuole le porto qui tutta la Sacra Famiglia al gran completo. Deve sempre rendermi pan per focaccia appena può?

– Il mio senso della giustizia è implacabile.

– Non si sforzi di spiegarmelo, lo so già.

Andammo a casa della madre in questione, un appartamentino del quartiere Poble Sec. Dalla povertà in cui viveva capii che cercasse conforto nella religione o in qualunque cosa potesse spiegare l'inspiegabile.

– Mia figlia è morta, per me.

– Sì, signora, anche per tutti gli altri – rispose al volo Garzón, poco amante delle sottigliezze.

– Voglio dire che per me era già morta molto prima che la ammazzassero.

– Le aveva fatto qualcosa? – intervenni.

– Faceva la prostituta! E queste cose Dio le punisce.

– Sua figlia è già stata punita. E mi sembra che l'assassinio sia una bella punizione. Immagino che non verrà punirla anche lei.

– Non m'importava più quel che poteva succederle. Almeno adesso ha smesso di fare la vita che faceva

– Lei dov'era la notte in cui Manuela è stata uccisa?

– A casa mia, a dormire, come tutte le donne per bene.

– C'è qualcuno che possa testimoniarlo?

– Chieda a Paquita, la tengo con me da sei anni solo per carità.

Che qualcuno nelle sue condizioni potesse permettersi di fare la carità mi parve piuttosto improbabile, ma chiedemmo in ogni caso di parlare con quella Paquita. La donna ci condusse nella sua stanza. Nel vederla, sia io che il viceispettore non potemmo evitare una stretta al cuore. Era distesa a letto, con tutta l'aria di una che non sa bene dove si trovi e che è coetanea per lo meno di Noè. Dovette intravedere qualcosa nella penombra, perché, sforzandosi di guardarci, disse:

– È già ora di cena?

Era ridicolo cercare di verificare l'alibi, quindi lo prendemmo per buono. In un ultimo tentativo disperato, Garzón perquisì l'appartamento mentre la madre ed io aspettavamo sedute faccia a faccia nel tinello. Non mi venne neppure in mente di avviare una conversazione, che minacciava di finir male in ogni caso. Dopo una ventina di minuti, il mio collega ricomparve con una fotografia. Si rivolse alla donna:

– Questa è sua figlia da ragazza?

Lei lanciò uno sguardo di sfuggita e mormorò:

– Sì, è di parecchi anni fa.

– Credevo che non esistesse, per lei.

Con espressione gelida, strappò la foto di mano a Garzón e la fece a pezzi.

– Adesso non esiste più.

Mentre tornavamo in commissariato, Garzón mi disse:

– Piuttosto dura la signora, vero?

– Una pietra. Se avessi avuto una madre così, non solo mi sarei data alla prostituzione, ma avrei dedicato il tempo libero al traffico di stupefacenti.

– Possibile, ma non è stata lei a ucciderla. Non credo che abbia mai visto una pistola da vicino.

– No, se ne avesse avuta una si sarebbe suicidata.

– O avrebbe sparato a quel rudere di Paquita, appena le avesse chiesto due volte di seguito se era ora di cena.

– Questo è piuttosto crudele, Garzón. E poi non dica che io non ho cuore.

– Magari noi poliziotti non ce l'abbiamo, il cuore.

– Evidentemente non siamo gli unici.

No, non lo eravamo. Nemmeno la sorella di Flora Domínguez, la sola di tutto il parentado ad aver fatto il viaggio da León per il funerale, pareva molto colpita dal delitto. Nel suo caso, il problema non era la religione, ma la responsabilità. Flora era stata un'incosciente e una donnaccia perché aveva lasciato il bambino a León e non era più tornata. A quanto pare mandava soldi tutti i mesi, ma non si era mai preoccupata di andare a trovare suo figlio.

– Ma voi l'avreste ricevuta se si fosse decisa a venire?

– No. Era un pessimo esempio per il bambino.

– E allora...

– Bisogna sempre fare il proprio dovere, non importa quello che fanno gli altri.

Né clemenza né perdono, quello era l'ambiente su cui potevano contare quelle ragazze, sia in famiglia che fuori. Su Flora, la sorella seppe dirci ben poco. Non le risultava che si drogasse né che avesse problemi la cui eco fosse giunta fino a León. Ma se ne avesse avuti, sarebbe stato esattamente lo stesso, per loro. In realtà, cominciavo a non capire perché cercassimo l'assassino. Se l'avessimo trovato, magari i familiari delle vittime ci avrebbero tenuto a ringraziarlo. Era piuttosto demoralizzante scoprire quanto sia necessario attenersi alle leggi della morale, della famiglia, della società, della religione, di tutto quel che in teoria è considerato buon senso, perché gli altri ti diano la possibilità di essere accettato. Mi domandai se valesse la pena andare avanti, anche se ero sicura che nemmeno le ragazze di calle Ausias March erano giunte alla loro vituperata professione per nobiltà d'animo.

In ogni caso, ormai avevamo dato fondo a amici e parenti delle vittime, tanto nell'ambito dei possibili sospetti, quanto in quello dei testimoni.

– Manca la ragazzina – disse il mio collega.

– Non ha famiglia – gli ricordai.

– La sua famiglia sono i servizi sociali. Bisognerà verificare anche lì.

– Non sarà facile.

– Non avrei mai pensato che lei si tirasse indietro di fronte alle difficoltà.

– Non mi sto tirando indietro, ma la cosa non mi piace. Dopo la famiglia tradizionale, adesso ci tocca anche lo Stato.

– Sapremo sopportare. Non per niente siamo i migliori.

– Lo siamo?

– Io l'ho sempre creduto, ispettore.

– Bene, continui pure così, Garzón.

5

Il Focolare Mundet, questa era stata la casa della giovane Pilar Salvat fino ai diciott'anni. Poi era passata dal ricovero al bordello.

– Che gliene pare? – chiesi a Garzón quando ci trovammo di fronte al cancello dell'antica istituzione.

– Credevo che non esistessero più orfanotrofi così monumentali.

– Be', magari non è poi tanto male essere cresciuti in un posto così ricco di tradizione.

La direttrice ci ricevette con una certa diffidenza. Non appena seppe che la persona di cui ci interessavamo era uscita di lì da molto tempo, si tranquillizzò, e si mostrò ancor più disposta a collaborare quando le spiegammo che non si trattava di una donna sospettata di aver commesso un delitto, ma di una vittima. Malgrado la sua disponibilità, ci avvertì subito che non sarebbe stato facile trovare informazioni precise su Pilar. Nessuno degli operatori in servizio una quindicina di anni prima occupava ancora il suo posto. Alcuni erano andati in pensione, altri prestavano servizio presso altri istituti o avevano lasciato quel lavoro.

– E poi bisogna dire che allora le cose erano molto diverse. A quei tempi tutto funzionava in modo più... come spiegarlo?, antiquato, forse, come nell'ottocento.

– Per esempio? – chiese il viceispettore.

– Be', il servizio era più massificato, meno documentato, meno burocratico, se volete.

– Vuol dire che chiunque poteva arrivare con un bambino in braccio e mollarlo qui? O li trovavate in una cesta come Mosè?

La direttrice guardò il mio collega con sorpresa e una punta di curiosità.

– Questa è una sua libera interpretazione, mi scusi No, non andava esattamente così. Un bambino veniva iscritto e, se si sapeva chi erano i genitori, venivano registrati con nome e indirizzo. Anche se posso dirle che non di rado questi erano falsi. Oggi le assicuro che c'è molto più controllo. E poi i bambini vengono dati in affidamento molto presto, quindi il loro soggiorno presso di noi è molto più breve, e...

Il non dissimulato languore nei nostri occhi dovette farle capire che i risvolti sociali dell'argomento non ci interessavano granché, tanto che fece una pausa permettendomi di intervenire.

– Possiamo verificare la scheda di Pilar Salvat?

– Ma naturalmente. Ci toccherà scendere in archivio, perché qualche anno fa non eravamo ancora informatizzati. Ad ogni modo appena avremo un po' di tempo cercheremo di inserire nel data base anche le vecchie schede. Ma chissà quando. Di tempo non ce n'è mai abbastanza. Non succede la stessa cosa anche a voi?

– Esattamente – risposi, senza nessuna voglia di perdermi in chiacchiere.

Fummo guidati lungo corridoi interminabili che, sebbene rimodernati, conservavano la freddezza inquietante dei vecchi ospizi.

Nell'archivio la modernizzazione non era stata neppure tentata. L'umidità si addensava nell'aria rendendola irrespirabile. Osservai gli schedari in cui si accumulavano le storie di tanti figli di nessuno. Un vasto materiale che parlava di abbandono, di povertà, probabilmente di dolore.

La direttrice aveva inforcato gli occhiali, subito scivolati sulla punta del naso sottile che si arricciava con ribrezzo per via della polvere. Faceva scorrere le cartelle ingiallite attenta a non sporcarsi. Erano ancora scritte a mano. Si poteva immaginare una simile arretratezza soltanto quindici anni prima? Immaginai che le istituzioni benefiche siano le ultime ad avvantaggiarsi dei progressi del mondo moderno. È un segno dei tempi, o forse in tutti i tempi è sempre stato così.

– Eccola – disse la direttrice, tirando fuori un fascicolo.

– È stata iscritta qui da noi nell'estate dell'ottanta, il sette di agosto. Figura come figlia di Agustina Ferreiro, di quarant'anni d'età, nativa di Lugo. Domiciliata in calle de Perot lo Lladre, numero 12. Non risulta che la madre sia mai venuta a farle visita. Risulta invece un regolare versamento di trentamila pesetas al mese in favore della bambina sul conto del Focolare Mundet. Pilar ha lasciato l'istituto tre anni fa, con un contratto di lavoro presso la ditta Ricamatrici Riunite. Non c'è altro.

– Come avveniva il versamento del denaro?

– Tramite bonifico bancario.

– Da quale banca?

– La Caixa.

– Non ci sono altri dati?

– No.

– Non è un gran che come riassunto di tutta un'infanzia.

– Vi avevo avvertiti. Oggi annotiamo perfino quando i bambini hanno il mal di gola. È diventato tutto molto più umano. I ragazzi, qui, sono molto felici.

Uscendo nei vasti giardini, chiesi a Garzón:

– Secondo lei ci ha detto la verità?

– Che riceveva trentamila pesetas al mese?

– No, che gli orfani adesso siano molto felici.

– Non lo so. Lei è felice?

– A volte sì e a volte no.

– La stessa cosa deve succedere a loro, non le pare? O pensa che gli orfani siano diversi da noi?

Nessuno come il viceispettore sapeva smontare i luoghi comuni. E forse aveva ragione; nessuno può dire dove stia la felicità, né può misurarne l'intensità. Oltretutto, noi avevamo ben altre cose a cui pensare. Come fare per saperne di più su quella ragazza a partire dai dati di cui disponevamo? Il mio collega mi lesse nel pensiero.

– Andiamo a vedere a quell'indirizzo. Se quella donna non abita lì, dovremo ricorrere alla banca.

– Sì, ma gli interrogativi sono molti, non le pare? Per esempio, la ragazza è uscita dall'istituto con un contratto della ditta di Agripina, ma come ha fatto Agripina a scovarla? Questo non ce l'ha detto. Ha detto che l'aveva accolta dopo che era uscita. E l'età della madre, quarant'anni, non è molto comune in questi casi. Non è la figlia di un incidente giovanile, da cui non si sa come uscire.

– D'accordo, però non è significativo. Potrebbe essere stata una donna priva di mezzi, già carica di figli, o di una prostituta che non poteva permettersi di tenere con sé la bambina.

– E le trentamila pesetas al mese?

– Per scaricarsi la coscienza.

– In questo caso, niente donna carica di figli. Se avesse avuto tanti soldi, non l'avrebbe abbandonata.

– Non lo so, Petra, il cuore umano è imperscrutabile.

– La trovo molto filosofico, oggi, e molto biblico. Mi è piaciuta la sua allusione a Mosè, e anche alla direttrice dev'essere piaciuta, a giudicare dalla faccia che ha fatto. Almeno è riuscito a stupirla.

– Per una volta che dimostro di non essere un ignorante, lei ride di me.

– Non rido affatto; è stato bellissimo. Andrebbe bene per uno spot pubblicitario: «Per la felicità di Mosè, il Focolare Mondet».

Avviò il motore con aria scocciata. Mi considerava una causa persa, ma in fondo gli piaceva che lo stuzzicassi un po', quel tanto che basta per non cadere nel tedio che affligge qualunque coppia, tanto nella vita matrimoniale quanto in quella poliziesca.

Com'era da prevedere, all'indirizzo segnato sulla scheda non c'era nessuna Agustina Ferreiro, e nessuno l'aveva mai sentita nominare. Ci toccò recarci alla filiale della Caixa dove venivano emessi i bonifici, e lottare contro le resistenze del direttore per ottenere il vero indirizzo della cliente. Solo la parola omicidio lo convinse a cedere.

Calle Progès, ecco dove abitava la madre snaturata che stavamo cercando. Guardando la facciata della casa, Garzón commentò:

– Non sembra proprio che il nome della via abbia influito sull'ambiente. Guardi che vecchiume.

La frase poteva applicarsi anche alla signora in questione. Non so come fosse stata Agustina Ferreiro anni prima, ma lo stato in cui la trovammo non lasciava supporre progressi di nessun genere. Vecchia, malvestita, sporca e puzzolente di alcol, ci aprì la porta della sua miserabile abitazione con l'aria di chi non ha mai visto un essere umano.

– Cosa volete?

– Parlare con lei. Siamo della polizia.

– Entrate. Però sappiate che io non ho niente da dire, né alla polizia né a nessun altro. A meno che quei disgraziati dei vicini non si siano di nuovo lamentati dell'odore di casa mia. Ma a me non interessa, io vivo come mi pare, nell'odore che mi pare.

Non c'era da stupirsi che qualcuno si fosse lamentato, in quella casa non si poteva respirare. Panni sporchi e resti di cibo erano sparsi dappertutto, ma quel che più abbondava erano le bottiglie vuote di vinaccio e di acquavite. Ci bastò poco per capire che anche in quel momento non era molto sobria.

– Di sicuro lei saprà che sua figlia è stata assassinata.

– Mia figlia? Quale figlia? Io non ho nessuna figlia.

– Stiamo parlando di Pilar Salvat.

– Ah, sì, quella là. L'hanno assassinata? Non si può più stare tranquilli in questa città, tutta Barcellona è piena di delinquenti, ladri e assassini.

– Sua figlia esercitava la prostituzione in una casa di calle Ausias March. Sono state uccise anche tre sue colleghe.

– Be', e io cosa c'entro? Io ho fatto il mio dovere. Ho sempre pagato fino all'ultimo centesimo. Quel che è successo dopo non mi riguarda.

Garzón mi lanciò uno sguardo sbalordito. Si avvicinò alla donna e, vincendo la ripugnanza, la prese per un braccio.

– Ma era sua figlia, o no?

– E io che ne so? Immagino di sì! È passato molto tempo, cosa vuole che mi ricordi?

– Come, non si ricorda? – inveì il mio collega, strattonandola con una certa violenza.

– Ehi, mi lasci stare! Era mia figlia, va bene, e allora?

Ne dedussi che con quella che il mio collega chiamava la voce del sangue avremmo ottenuto ben poco. Tentai una via più diretta:

– Come l'ha avuta, sua figlia?

Abbozzò un sorriso orrendo, da ubriacona incallita, con una bocca di denti gialli segnati da cavità nere.

– Chiavando, no? Come tutti.

Garzón le saltò addosso come un ghepardo.

– Adesso la pianti con le sciocchezze! Ci dica chi era il padre, in che ospedale è nata la bambina.

– Non lo so chi fosse il padre. Se l'avessi saputo, l'avrei appioppata a lui. E poi la bambina non è nata in ospedale. È nata in casa.

– E quale medico l'ha assistita durante il parto?

– Nessun medico! C'erano le mie amiche, una volta si faceva così.

– Perché le ha mandato del denaro per tutti quegli anni?

– Era mio dovere.

– E come ha saputo che era uscita dal Focolare Mundet?

– Mi hanno mandato una lettera.

– A questo indirizzo?

– No, a quello di prima. Non è tanto che abito qui.

– Lei conosce la donna che dava lavoro a sua figlia?

– No.

– Ha mai sentito parlare delle Ricamatrici Riunite?

– No. Ma perché non mi lasciate in pace? Sono povera, vecchia e malata, ho sessant'anni, vivo della pensione. Andate a cercare i ladri e gli assassini, piuttosto, di sicuro ne troverete parecchi.

– Verrà chiamata in commissariato. Per quel giorno, le suggerisco di non bere. D'accordo?

Scosse la testa come un elefante al circo. Disgustati e anche un po' impietositi dallo spettacolo, uscimmo di lì.

6

Dopo quell'infame interrogatorio, esclamai:

– Vorrei vederlo il saggio Salomone in una situazione simile! Quella se le presentano il cadavere di sua figlia tagliato in due si lamenta perché si sporca il pavimento.

Garzón rise sotto i baffi. Poi annuì tutto serio.

– Dio ci scampi e liberi dall'umanità, Petra. Qualunque animale, qualunque, da una gatta a una cerva, dimostra maggiore attaccamento ai propri figli.

– Solo gli animali maschi sono insensibili come quella vecchia.

Lui rise di nuovo.

– Lei si aspetta che abbocchi, eh?

– Sì, mica per niente la provoco.

– Ma stavolta la deluderò, Petra. Cosa ne dice di una birretta nel primo bar, invece di accapigliarci per niente?

– Manco per idea. Adesso dobbiamo interrogare di nuovo Agripina.

– Me lo immaginavo. E cosa le chiediamo?

– Le chiediamo perché non ci aveva raccontato del contratto fasullo a Pilar Salvat per tirarla fuori dal Focolare Mundet.

– Già. Immagino che la birra dovrà aspettare.

Agripina perse ogni espressione quando le formulammo la domanda. Poi cadde in preda a un attacco di istrionismo e confessò quello che, a sentir lei, aveva taciuto fino a quel momento.

– È stata la madre di quella ragazza a chiedermi di accoglierla in casa mia, perché potesse uscire dall'ospizio.

– Lei conosce Agustina Ferreiro?

– Sì, è una povera donna. Non era in grado di occuparsi di sua figlia, ma aveva dei rimorsi. Ne soffriva molto. Me lo chiese e io lo feci.

– La pagò, per questo?

– No.

– Ma lei seppe mettere a frutto la cosa facendo lavorare la ragazza.

– Altolà! Pilar è stata un anno in questa casa senza far altro che mangiare e dormire. È stata lei stessa a chiedermi di occuparsi dei clienti. Io non c'entro niente.

– Si rende conto che potremmo accusarla di corruzione di minore?

– La ragazza era maggiorenne, all'epoca. E poi fate pure quel che volete. Non me ne importa più, ormai.

Non riuscimmo a smuoverla di lì. Quello smisurato romanzo d'appendice minacciava di trasformarsi in un rompicapo. Sia io che Garzón eravamo convinti che lì stesse la soluzione del delitto. O Agustina Ferreiro aveva finalmente deciso di sbarazzarsi di quella figlia che avvelenava la sua coscienza, o Agripina le chiedeva dei soldi per il suo mantenimento, o... La prospettiva di dover di nuovo incontrare quell'essere nauseabondo non ci rallegrava, ma era indispensabile, forse solo così saremmo venuti a capo di quel pasticcio.

La fortuna non fu dalla nostra parte. Agustina Ferreiro era sbronza marcia quando ci ricevette. Ci aprì la porta, fece tre passi indietro e crollò sul divano. Io ci rimasi di sasso, ma Garzón non fece una piega. Andò in cucina, cercò un bicchiere in mezzo al guazzabuglio pestilenziale di piatti sporchi, lo riempì sotto il rubinetto e lo vuotò in faccia alla donna. Lei reagì, imprecò, si tirò su come poté, e senza dare segno di averci riconosciuti, disse:

– Che cazzo volete?

Garzón sbraitò, rosso dalla rabbia:

– L'hai uccisa tu, la ragazza, vero? Non riuscivi a liberarti di lei, e hai deciso di togliertela dalla coscienza mandandola all'altro mondo. Chi ti ha aiutata?

– Ma va' al diavolo!

La risposta della vecchia aveva completamente rovinato il brillante esordio del viceispettore.

– Rispondi!

Lei aprì gli occhi, cercò una posizione più comoda, mi squadrò per bene e disse:

– Agripina, l'ha ammazzata. Avrà avuto i suoi motivi, chiedeteli a lei. Io non so cosa dirvi.

Poi cadde in un sonno etilico profondo, dal quale non riuscimmo più a svegliarla.

– Dobbiamo arrestarla – dissi. – A costo di portarla via in barella.

Garzón ed io ci guardammo.

– Che diavolo di storia è mai questa, ispettore?

– Non ne ho idea, ma bisogna assicurarsi che la diavolessa non scappi.

– Facciamo arrestare anche l'altra?

– Naturalmente. Faremo un bel confronto appena la vecchia si riprende dalla sbronza.

– Credo che questa sia la pista giusta. O pensa ancora che a uccidere sia stato l'ex marito di Lola Buendía?

– Sinceramente l'avrei preferito. Se proprio si deve finire nel dramma familiare, preferisco quello matrimoniale, anche se devo dire che l'integralismo cattolico mi tentava.

– Lei è impagabile, ispettore. Allora, ce la facciamo adesso una birretta?

– Non le è bastato questo esempio degli effetti perniciosi dell'alcol? Andiamo avanti con il lavoro, Garzón, per degradarsi c'è sempre tempo.

– Con il proibizionismo che mi sta imponendo, la nostra moralità non corre nessuno pericolo, stia tranquilla.

L'unica strategia possibile con la vecchia *madame* era torchiarla per bene. Quando la mettemmo a confronto con la sua strana comare, Agripina dovette sentirsi come un limone spremuto, senza più una goccia di sangue nelle vene. Ben sapendo che l'intimidazione dei sospetti non è esattamente la mia specialità, cedetti la scena al viceispettore, che in fatto di pressioni è un vero schiacciasassi.

Tanto per cominciare, la convocammo in commissariato. Di andare a riverirla al suo *meublé* non se ne parlava neppure. Poi si trattava di attaccarla frontalmente, mettendo bene in chiaro che non avevamo dubbi sulla sua colpevolezza. Questo fa sempre un certo effetto; qualcosa sarebbe saltato fuori.

Garzón si comportò in modo perfetto. Ammirai il suo stile di predicatore apocalittico con toni da tragedia. Nessuno, in tutto il corpo di polizia, sapeva far meglio quella parte. Colpì duro fin dall'inizio.

– Le ha uccise lei, Agripina, le ha uccise tutte e quattro perché la sua mente malata non poteva sopportare più a lungo la paura del disonore. Sappiamo che una delle ragazze aveva minacciato di denunciarla. Lei era disposta a uccidere pur di evitare la condanna sociale, ma invece di ammazzarne solo una, ha fatto un massacro per depistare le indagini, oltre che per eliminare testimoni.

– No! – urlò la donna.

– È inutile negare, chi le ha venduto la pistola ha confessato – mentì il mio collega.

– Ho dei nemici, chiunque avrebbe potuto accusarmi. Ma posso dimostrarvi che non sono stata io. Ho la prova assoluta!

Si mise una mano sul petto e sospirò, come se si preparasse a un terribile supplizio.

7

Garzón ed io la guardavamo tesi e speranzosi. Forse finalmente ci avrebbe detto la verità.

– Io non avrei mai potuto uccidere quelle ragazze, per la semplice ragione… per la semplice ragione che Pilar Salvat era mia figlia.

– Per tutti i diavoli! – esclamò il viceispettore.

– Lo sospettavo – chiarii io. – E adesso ci racconterà tutta la storia o ci toccherà scongiurarla?

Fra lacrime e singhiozzi, ci raccontò la storia che potevamo prevedere.

– Quasi trent'anni fa ebbi una figlia. Ero giovane, allora, e molto irresponsabile. La abbandonai. Non seppi più niente di lei, mai, ma i rimorsi non mi lasciavano vivere. Quando rimasi di nuovo incinta, quasi otto anni dopo, mi sentii morire. Nacque Pilar. Io non potevo occuparmi della bambina, non nelle condizioni in cui vivevo Allora decisi di affidarla al Focolare Mundet. Ma quella volta feci le cose per bene. Chiesi ad Agustina Ferreiro, che allora era mia amica, di iscriverla come figlia sua. Non volevo che nessuno sospettasse che la madre ero io. Le passavo trentamila pesetas al mese, tutti i mesi, puntualmente. Poi la rivolli con me. Finalmente potevo averla in casa, godermela un po'. Era così affettuosa!

– E si è fatta ripagare il favore mettendola a lavorare.

– Non è vero! All'inizio faceva solo piccole commissioni. Più tardi ha deciso lei di fare il mestiere, e io non gliel'ho impedito. In fondo a me non era andata così male.

– Le ha mai detto di essere sua madre?

– Mai! Di sicuro mi avrebbe odiata, e questo sì che non avrei potuto sopportarlo.

– E perché l'ha iscritta col cognome Salvat?

– Era la casa editrice di certi fascicoli di ricamo che allora raccoglievo. E perché capiate che vi sto dicendo la verità, vi confesserò che non ho mai avuto un laboratorio di ricamo, anche se mi sarebbe piaciuto, questo sì. Trovate l'assassino, vi prego, trovatelo. Voglio giustizia! Ah, la mia colombella!

E giù grida, lamenti, barriti di dolore la cui intensità ormai ci era ben nota. Niente di intelligibile. Non riuscimmo a farci dire chi fosse il padre, né se ci fossero stati conflitti con qualche parente in quegli anni. Quella tenutaria di bordello in lacrime non aveva nessuna intenzione di aggiungere altro.

Quando si fu ripresa dai fumi dell'alcol, la Ferreiro ci confermò la storia punto per punto. Fantastico, tutti i pezzi si incastravano perfettamente, e avrebbero fatto la felicità di uno scrittore. Eppure noi eravamo sempre allo stesso punto. Chi aveva assassinato le quattro prostitute di calle Ausias March? Impossibile ricavare nuovi moventi o sospetti dal dramma familiare che ci si era dispiegato davanti.

Il commissario Coronas divenne una belva quando gli raccontammo a che punto era l'indagine.

– Per la miseria, signori! Come faccio a presentarmi davanti ai giornalisti con questo romanzetto strappalacrime dei tempi di mia nonna?

Mi ribellai a tanta ingiustizia.

– Commissario, lo so anch'io che sarebbe meglio un crimine a base di droghe sintetiche e reti telematiche in stile newyorchese. Ma la criminalità di questo paese è quello che è!

– D'accordo, però un colpevole non c'è ancora.

– Abbiamo in mente una strategia. Non si preoccupi, in un paio di giorni sarà tutto risolto.

– Come si vede che voi non avete a che fare con la stampa!

– Questa storia basterà a tener buoni i giornalisti per almeno una settimana. Non si preoccupi, commissario, ci lasceranno in pace.

Non andò assolutamente così. Il giorno dopo i titoli sui giornali gridavano all'unanimità: «La polizia non riesce a far luce sul mistero di questo violento dramma dai tristi risvolti». Gli articoli si diffondevano con compiacimento morboso sui particolari della maternità indesiderata, sul fenomeno dell'abbandono, sui poveri bambini senza famiglia. Da ultimo venivano le statistiche, l'altissimo numero di minori ancora oggi affidati alle istituzioni dai loro genitori, eccetera, eccetera. Eravamo sotto tiro.

– Be', in fin dei conti sono riusciti a farne qualcosa.

– C'era da aspettarselo. Per loro è l'ideale. Spazzatura da dare in pasto ai lettori e bastonate per la polizia. Ma cosa mi dice della nostra strategia, Petra, quella che abbiamo nel congelatore?

– Non so proprio cosa dirle, l'unica strategia è mettersi a pensare, Fermín.

– Sì, e barricarci in una stanza per evitare il linciaggio.

– Di respingere le aggressioni dovrà occuparsi lei.

Casa mia era da sempre il nostro rifugio per le riflessioni *in extremis*. Preparai una cena fredda, una caffettiera da sei tazze, e lasciai l'alcol fuori dal menu per evitare distrazioni. Garzón portò con sé tutti i fascicoli delle indagini, e ci mettemmo a lavorare di buona lena tra un boccone e l'altro.

– Senta, Petra, ma non è che ci stiamo intestardendo sul dramma familiare, mentre è solo una storia di droga e di soldi come avevamo pensato all'inizio?

– Questo no, Fermín. Abbiamo interrogato tutti, amici e parenti, e il risultato è stato sempre lo stesso. Le ragazze erano pulite. E poi il caso non ha affatto le caratteristiche del delitto per interesse. È nel pastrocchio familiare la soluzione del problema, mi creda.

– Eppure nessuna delle due vecchie ha ucciso le ragazze, questo è evidente.

– Bisognerà esaminare altri elementi della storia. Per esempio, il padre di Pilar Salvat.

– Il padre, il padre... forse.

– O il marito di Agustina Ferreiro.

– La Ferreiro non si è mai sposata. E poi, perché un ipotetico marito avrebbe dovuto liquidare tutte quelle ragazze che neanche conosceva?

– E allora sarà stata la nonna, o lo zio, o un parente qualsiasi che...

Il lampo che mi attraversò la mente mi impedì di pensare. In preda a una frenesia irresistibile mi alzai senza dire una parola. Galvanizzata da quell'impulso, andai nell'ingresso, presi l'impermeabile e porsi a Garzón il suo. Lui mi osservava perplesso.

– Garzón, quella ha dieci anni di più. È lei, ne sono quasi sicura...

– Ma che diavolo sta dicendo, ispettore?

– Forza, andiamo, forza.
– E le tartine?
– Lasci stare le tartine, adesso!
– Ma cosa le è preso?
– Glielo racconterò strada facendo. Si muova, per favore. E andiamo con la sua macchina, sono troppo agitata per guidare.

Suonammo più volte il campanello senza ottenere risposta, eppure oltre la porta si udivano dei rumori, e da fuori avevamo visto che le luci erano accese.
– Come entriamo, viceispettore?
– Se vuole sparo nella serratura.
– Proceda, non c'è tempo da perdere.
Mi tappai le orecchie con le mani, ma lo schianto dei colpi mi perforò ugualmente i timpani. La porta si aprì, e ci precipitammo dentro.
Aurora Fernández si trovava in ginocchio in mezzo al suo esiguo soggiorno, circondata da una pozza di vomito che puzzava di whisky. Nella mano, posata in grembo, aveva una Beretta col silenziatore. Garzón si lanciò su di lei e le strappò l'arma. Lei non oppose resistenza. Ci guardò come se fossimo di un altro pianeta. Era pallidissima, e i suoi occhi gonfi e arrossati dimostravano che aveva pianto per ore. Il mio presentimento aveva colto nel segno.
– Ah, siete voi! Non è facile suicidarsi, sapete? Nemmeno se bevi come una spugna per farti coraggio.
– È più facile sparare sugli altri?
Con un filo di voce quasi infantile, rispose:
– Sì.

La aiutai ad alzarsi e la allontanai da quella chiazza maleodorante.

– Anche lei è figlia di Agripina, vero, Aurora?

Esplose in un lamento da far rizzare i capelli.

– Io non sapevo che quella ragazza era mia sorella, non lo sapevo, giuro, non lo sapevo! Oh, mio Dio, è orribile!

– Ma perché? Mi dica, perché le ha uccise?

Lei si ricompose un poco, anche se continuava a parlare come allucinata.

– Mi aveva abbandonata, mi aveva dimenticata, disprezzata. Un giorno, una ragazza dei servizi sociali mi ha detto chi era mia madre. Ed era una puttana! Lo capisce? Una puttana! Solo una puttana lascerebbe così sua figlia. Giurai a me stessa che prima o poi l'avrei uccisa. Mi organizzai bene. La rintracciai. Lavorai con lei per sei mesi. Comprai la pistola da uno. Sapevo che le ragazze rimanevano lì per un po' dopo il lavoro. Andai a casa a prendere la pistola, non potevo portarla a casa di Agripina, le altre ficcavano sempre il naso dappertutto, mi frugavano nella borsa, usavano la mia roba. Accesi la radio, così se qualcosa fosse andato storto la vicina avrebbe detto di avermi sentita. Tornai in quella casa, suonai il campanello, dissi alle ragazze che mi sentivo sola, che avevo voglia di chiacchierare un po' con loro. Doveva risultare che eravamo rimaste tutte insieme. Nessuno avrebbe saputo chi di noi avesse ucciso la vecchia, quando l'avrebbero trovata il mattino dopo. Dissi che andavo in bagno. Entrai nella camera di Agripina, misi il silenziatore, pronta a toglierla di mezzo per sempre... Ma non ci riuscii, non ce la feci a sparare, non me la sentivo. Tutti quegli anni passati ad aspettare quel momento, eppure non ne avevo la forza! Uscii di lì piena di rabbia. Quella stupida di Manuela mi venne incontro, mi fece entrare nel salone. Attaccarono con i loro scherzi volgari, battute da puttane, io stessa ero diventata come loro. E per cosa? Per niente. Di colpo tutto mi era insopportabile. Figlia di una puttana, sempre sola e maltrattata, adesso vivevo anch'io fra le puttane, e non me ne sarei più tirata fuori. Non so cosa mi successe, ma non ci vidi più, tirai fuori la pistola dalla tasca e mi misi a sparare. Mio Dio! E quella ragazza era mia sorella, una come me, innocente, abbandonata! Come potevo saperlo?

Scoppiò in singhiozzi. Feci un cenno a Garzón con la testa. Lui si avvicinò alla donna, si sfilò l'impermeabile e glielo sistemò sulle spalle. Poi la aiutò ad alzarsi. Nel frattempo io andai a prendere la macchina per portarla in commissariato. Chiamai uno dei nostri psicologi perché si occupasse di lei. Ne aveva bisogno.

Bene, ora finalmente tutti quanti avevano la loro parte di bottino. I giornalisti approfittarono a fondo della scabrosità della notizia. Il commissario fece bella figura di fronte all'opinione pubblica, e noi avevamo risolto il caso. Felicità per tutti! Per tutti? Be', io non lo so di prima mano, ma mi hanno detto che la funesta Agripina, la vera orchessa della favola, divenne una vera furia quando seppe della piccola tragedia greca che si era scatenata intorno a lei. – Sangue del mio sangue! – gridava. Bisogna dire che tutta questa faccenda del sangue e della consanguineità, della maternità, della figliolanza e dei legami emoglobinici vari è fin troppo mitizzata per i miei gusti.

– Non le pare, Fermín?

– Be', ispettore, cosa vuole che le dica? Una madre è sempre una madre.

– E due madri sono due madri. E così all'infinito.

– In questo momento devo dire che mi interessano altri liquidi piuttosto che il sangue.

– La birra, per esempio?

– Indovinato!

E non potendo far nulla per evitare il retrogusto amaro lasciato da un caso così spaventoso, decidemmo di accompagnarlo con quello di una buona birra fresca. Così l'avremmo notato un po' meno, o almeno non avremmo saputo a cosa attribuirlo con esattezza.

Indice

Questo volume è stato stampato
su carta Palatina
delle Cartiere Miliani di Fabriano
nel mese di settembre 2009

Stampa: Officine Grafiche Riunite, Palermo

Legatura: LE.I.MA. s.r.l., Palermo

La memoria

1 Leonardo Sciascia. Dalle parti degli infedeli
2 Robert L. Stevenson. Il diamante del Rajà
3 Lidia Storoni Mazzolani. Il ragionamento del principe di Biscari a Madama N.N.
4 Anatole France. Il procuratore della Giudea
5 Voltaire. Memorie
6 Ivàn Turghèniev. Lo spadaccino
7 Il romanzo della volpe
8 Alberto Moravia. Cosma e i briganti
9 Napoleone Bonaparte. Clisson ed Eugénie
10 Leonardo Sciascia. Atti relativi alla morte di Raymond Roussel
11 Daniel Defoe. La vera storia di Jonathan Wild
12 Joseph S. Le Fanu. Carmilla
13 Héctor Bianciotti. La ricerca del giardino
14 Le avventure di Giuseppe Pignata fuggito dalle carceri dell'Inquisizione di Roma
15 Edmondo De Amicis. Il "Re delle bambole"
16 John M. Synge. Le isole Aran
17 Jean Giraudoux. Susanna e il Pacifico
18 Augusto Monterroso. La pecora nera e altre favole
19 André Gide. Il viaggio d'Urien
20 Madame de La Fayette. L'amor geloso
21 Rex Stout. Due rampe per l'abisso
22 Fiòdor Dostojevskij. Il villaggio di Stepàncikovo
23 Gesualdo Bufalino. Diceria dell'untore
24 Laurence Sterne. Per Eliza
25 Wolfgang Goethe. Incomincia la novella storia
26 Arrigo Boito. Il pugno chiuso
27 Alessandro Manzoni. Storia della Colonna Infame
28 Max Aub. Delitti esemplari
29 Irene Brin. Usi e costumi 1920-1940
30 Maria Messina. Casa paterna
31 Nikolàj Gògol. Il Vij
32 Andrzej Kuśniewicz. Il Re delle due Sicilie
33 Francisco Vásquez. La veridica istoria di Lope de Aguirre
34 Neera. L'indomani
35 Sofia Guglielmina margravia di Bareith. Il rosso e il rosa
36 Giuseppe Vannicola. Il veleno

37 Marco Ramperti. L'alfabeto delle stelle
38 Massimo Bontempelli. La scacchiera davanti allo specchio
39 Leonardo Sciascia. Kermesse
40 Gesualdo Bufalino. Museo d'ombre
41 Max Beerbohm. Storie fantastiche per uomini stanchi
42 Anonimo ateniese. La democrazia come violenza
43 Michele Amari. Racconto popolare del Vespro siciliano
44 Vernon Lee. Possessioni
45 Teresa d'Avila. Libro delle relazioni e delle grazie
46 Annie Messina (Gamîla Ghâli). Il mirto e la rosa
47 Narciso Feliciano Pelosini. Maestro Domenico
48 Sebastiano Addamo. Le abitudini e l'assenza
49 Crébillon fils. La notte e il momento
50 Alfredo Panzini. Grammatica italiana
51 Maria Messina. La casa nel vicolo
52 Lidia Storoni Mazzolani. Una moglie
53 Martín Luis Guzmán. ¡Que Viva Villa!
54 Joseph-Arthur de Gobineau. Mademoiselle Irnois
55 Henry James. Il patto col fantasma
56 Leonardo Sciascia. La sentenza memorabile
57 Cesare Greppi. I testimoni
58 Giovanni Verga. Le storie del castello di Trezza
59 Henryk Sienkiewicz. Quo vadis?
60 Benedetto Croce. Isabella di Morra e Diego Sandoval de Castro
61 Diodoro Siculo. La rivolta degli schiavi in Sicilia
62 George Meredith. La vicenda del generale Ople e di Lady Camper
63 Bernardino de Sahagún. Storia indiana della conquista di Messico
64 Andrzej Kuśniewicz. Lezione di lingua morta
65 Maria Luisa Aguirre D'Amico. Paesi lontani
66 Giuseppe Antonio Borgese. Le belle
67 Luisa Adorno. L'ultima provincia
68 Charles e Mary Lamb. Cinque racconti da Shakespeare
69 Prosper Mérimée. Lokis
70 Charles-Louis de Montesquieu. Storia vera
71 Antonio Tabucchi. Donna di Porto Pim
72 Luciano Canfora. Storie di oligarchi
73 Giani Stuparich. Donne nella vita di Stefano Premuda
74 Wladislaw Terlecki. In fondo alla strada
75 Antonio Fogazzaro. Eden Anto
76 Anonimo. Storia del bellissimo Giuseppe e della sua sposa Aseneth
77 Vanni e Gian Mario Beltrami. Una breve illusione
78 Giorgio Pecorini. Il milite noto
79 Giuseppe Bonaviri. L'incominciamento
80 Leonardo Sciascia. L'affaire Moro
81 Ivàn Turghèniev. Primo amore
82 Nikolàj Leskòv. L'artista del toupet
83 Aleksàndr Puškin. La solitaria casetta sull'isola di Vasilij
84 Michaìl Čulkòv. La cuoca avvenente
85 Anita Loos. I signori preferiscono le bionde

86 Anita Loos. Ma... i signori sposano le brune
87 Angelo Morino. La donna marina
88 Guglielmo Negri. Il risveglio
89 Héctor Bianciotti. L'amore non è amato
90 Joris-Karl Huysmans. Il pensionato signor Bougran
91 André Chénier. Gli altari della paura
92 Luciano Canfora. Il comunista senza partito
93 Antonio Tabucchi. Notturno indiano
94 Jules Verne. L'eterno Adamo
95 Manuel Vázquez Montalbán. Assassinio al Comitato Centrale
96 Julian Stryjkowski. Il sogno di Asril
97 Manuel Puig. Agonia di un decennio, New York '78
98 Victor Zaslavsky. Il dottor Petrov parapsicologo
99 Gesualdo Bufalino. Argo il cieco ovvero I sogni della memoria
100 Leonardo Sciascia. Cronachette
101 Enea Silvio Piccolomini. Storia di due amanti
102 Angelo Rinaldi. L'ultima festa dell'Empire
103 Luisa Adorno. Le dorate stanze
104 James M. Cain. Il bambino nella ghiacciaia
105 Enrico Job. La Palazzina di villeggiatura
106 Antonio Castelli. Passi a piedi passi a memoria
107 Wilkie Collins. Tre storie in giallo
108 Friedrich Glauser. Il grafico della febbre
109 Friedrich Glauser. Il tè delle tre vecchie signore
110 Mary Lavin. Eterna
111 Aldo Alberti. La Rotonda dei Massalongo
112 Senofonte. Le Tavole di Licurgo
113 Leonardo Sciascia. Per un ritratto dello scrittore da giovane
114 Mario Soldati. 24 ore in uno studio cinematografico
115 Denis Diderot. L'uccello bianco. Racconto blu
116 Joseph-Arthur de Gobineau. Adelaide
117 Jurij Tynjanov. Il sottotenente Summenzionato
118 Boris Hazanov. L'ora del re
119 Anatolij Mariengof. I cinici
120 I. Grekova. Parrucchiere per signora
121 Corrado Alvaro. L'Italia rinunzia?
122 Gian Gaspare Napolitano. In guerra con gli scozzesi
123 Giuseppe Antonio Borgese. La città sconosciuta
124 Antonio Aniante. La rosa di zolfo
125 Maria Luisa Aguirre D'Amico. Come si può
126 Sergio Atzeni. Apologo del giudice bandito
127 Domenico Campana. La stanza dello scirocco
128 Aldo Alberti. La Lega delle Dame per il trasferimento del Papato nelle Americhe
129 Friedrich Glauser. Il sergente Studer
130 Matthew Phipps Shiel. Il principe Zaleski
131 Ben Hecht. Delitto senza passione
132 Fernand Crommelynck. La martingala rovesciata
133 Rosa Chacel. Relazione di un architetto
134 Walter De la Mare. L'artigiano ideale

135 Ludwig Achim von Arnim. Passioni olandesi
136 Rudyard Kipling. L'uomo che volle essere Re
137 Senofonte. La tirannide
138 Plutarco. Sertorio
139 Cicerone. La repubblica luminosa
140 Luciano Canfora. La biblioteca scomparsa
141 Etiemble. Tre donne di razza
142 Marco Momigliano. Autobiografia di un Rabbino italiano
143 Irene Brin. Dizionario del successo dell'insuccesso e dei luoghi comuni
144 Giovanni Ruffini. Il dottor Antonio
145 Aleksej Tolstoj. Il conte di Cagliostro
146 Mary Lamb. La scuola della signora Leicester
147 Luigi Capuana. Tortura
148 Ljudmila Shtern. I Dodici Collegi
149 Diario di Esterina
150 Madame de Vandeul. Diderot, mio padre
151 Ortensia Mancini. I piaceri della stupidità
152 Maria Mancini. I dispiaceri del Cardinale
153 Francesco Algarotti. Saggio sopra l'Imperio degl'Incas
154 Alessandro Manzoni. Quell'innominato
155 Jerre Mangione. Ricerca nella notte
156 Friedrich Glauser. Krock & Co.
157 Cami. Le avventure di Lufock Holmes
158 Ivan Gončarov. La malattia malvagia
159 Fausto Pirandello. Piccole impertinenze
160 Vincenzo Consolo. Retablo
161 Piero Calamandrei. La burla di Primavera con altre fiabe, e prose sparse
162 Antonio Tabucchi. I volatili del Beato Angelico
163 Fazil' Iskander. La costellazione del caprotoro
164 Ramón Gómez de la Serna. Le Tre Grazie
165 Corrado Alvaro. La signora dell'isola
166 Nadežda Durova. Memorie del cavalier-pulzella
167 Boris Jampol'skij. La grande epoca
168 Vito Piazza. La valigia sotto il letto
169 Eustachy Rylski. Una provincia sulla Vistola
170 Jerzy Andrzejewski. Le porte del paradiso
171 Madame de Caylus. Souvenirs
172 Principessa Palatina. Lettere
173 Friedrich Glauser. Il Cinese
174 Friedrich Glauser. Il regno di Matto
175 Gianfranco Dioguardi. Ange Goudar contro l'Ancien régime
176 Palmiro Togliatti. Il memoriale di Yalta
177 Mohandas Karamchand Gandhi. Tempio di Verità
178 Seneca. La vita felice
179 John Fante. Una moglie per Dino Rossi
180 Antifonte. La Verità
181 Evgenij Zamjatin. Il destino di un eretico
182 Gaetano Volpi. Del furore d'aver libri
183 Domostroj ovvero La felicità domestica

184 Luigi Capuana. C'era una volta...
185 Roberto Romani. La soffitta del Trianon
186 Athos Bigongiali. Una città proletaria
187 Antoine Rivarol. Piccolo dizionario dei grandi uomini della Rivoluzione
188 Ling Shuhua. Dopo la festa
189 Plutarco. Il simposio dei sette sapienti
190 Plutarco. Anziani e politica
191 Giuseppe Scaraffia. Il mantello di Casanova
192 Enrico Deaglio. Cinque storie quasi vere
193 Aleksandr Bogdanov. La stella rossa
194 Eça de Queiroz-Ramalho Ortigão. Il mistero della strada di Sintra
195 Carlo Panella. Il verbale
196 Severino Cesari. Storie per quattro giornate
197 Charlotte Robespierre. Memorie sui miei fratelli
198 Fazil' Iskander. Oh, Marat!
199 Friedrich Glauser. I primi casi del sergente Studer
200
201 Adalbert Stifter. Pietra calcarea
202 Carlo Collodi. I ragazzi grandi
203 Valery Larbaud. Sotto la protezione di san Girolamo
204 Madame de Duras. Il segreto
205 Jurij Tomin. Magie a Leningrado
206 Enrico Morovich. I giganti marini
207 Edmondo De Amicis. Carmela
208 Luisa Adorno. Arco di luminara
209 Michele Perriera. A presto
210 Geoffrey Holiday Hall. La fine è nota
211 Teresa d'Avila. Meditazioni sul Cantico dei Cantici
212 Mary MacCarthy. Un'infanzia ottocento
213 Giuseppe Tornatore. Nuovo Cinema Paradiso
214 Adriano Sofri. Memoria
215 Carlo Lucarelli. Carta bianca
216 Ameng di Wu. La manica tagliata
217 Athos Bigangioli. Avvertimenti contro il mal di terra
218 Elvira Mancuso. Vecchia storia... inverosimile
219 Eduardo Rebulla. Carte celesti
220 Francesco Berti Arnoaldi. Viaggio con l'amico
221 Julien Benda. L'ordinazione
222 Voltaire. L'America
223 Saga di Eirik il rosso
224 Cristoforo Colombo. Lettere ai reali di Spagna
225 Bernardino de Sahagún. I colloqui dei Dodici
226 Sergio Atzeni. Il figlio di Bakunìn
227 Giuseppe Gangale. Revival
228 Alfredo Panzini. La cagna nera
229 Giovanni Boccaccio, Francesco Petrarca. Griselda
230 Adriano Sofri. L'ombra di Moro
231 Diego Novelli. Una vita sospesa
232 Ousmane Sembène. La Nera di...

233 Eugenio Battisti. Il ricordo d'un canto che non sento
234 Wilkie Collins. Il truffatore truffato
235 Carlo Lucarelli. L'estate torbida
236 Michail Kuzmin. La prodigiosa vita di Giuseppe Balsamo, conte di Cagliostro
237 Nelida Milani. Una valigia di cartone
238 David Herbert Lawrence. La volpe
239 Ghassan Kanafani. Uomini sotto il sole
240 Valentino Bompiani. La conchiglia all'orecchio
241 Franco Vegliani. Storie di animali
242 Irene Brin. Le visite
243 Jorge de Sena. La finestra d'angolo
244 Sergio Pitol. Valzer di Mefisto
245 Cesare De Marchi. Il bacio della maestra
246 Salvatore Nicosia. Il segno e la memoria
247 Ramón Pané. Relazione sulle antichità degli indiani
248 Gonzalo Fernández de Oviedo. Sommario della storia naturale delle Indie
249 Pero Vaz de Caminha. Lettera sulla scoperta del Brasile
250 Felipe Guamán Poma de Ayala. Conquista del Regno del Perù
251 Gabriel-François Coyer. Come il prospero Chinki s'immiserì per la ricchezza della nazione
252 David Hume. Il caso di Margaret, detta Peg, unica sorella legittima di John Bull
253 José Bianco. Ombre
254 Marcel Thiry. Distanze
255 Geoffrey Holiday Hall. Qualcuno alla porta
256 Eduardo Rebulla. Linea di terra
257 Igor Man. Gli ultimi cinque minuti
258 Enrico Deaglio. Il figlio della professoressa Colomba
259 Jean Rhys. Smile please
260 Pierre Drieu la Rochelle. Diario di un uomo tradito
261 J. E. Austen-Leigh. Ricordo di Jane Austen
262 Caroline Commanville. Anche mio zio Gustave Flaubert era un letterato
263 Christopher Morley. Il Parnaso ambulante
264 Christopher Morley. La libreria stregata
265 Madame de Grafigny. Lettere di una peruviana
266 Roger de Bussy-Rabutin. Storia amorosa delle Gallie
267 Antonio Tabucchi. Sogni di sogni
268 Arnold Toynbee. Il mondo e l'Occidente
269 Ugo Baduel. L'elmetto inglese
270 Apuleio. Della magia
271 Giacomo Debenedetti. 16 ottobre 1943
272 Antonio Faeti. L'archivio di Abele
273 Maria Messina. L'amore negato
274 Arnaldo Fraccaroli. Tomaso Largaspugna uomo pubblico
275 Laura Pariani. Di corno o d'oro
276 Luisa Adorno. La libertà ha un cappello a cilindro
277 Adriano Sofri. Le prigioni degli altri
278 Renzo Tomatis. Il laboratorio
279 Athos Bigongiali. Veglia irlandese
280 Michail Kuzmin. Le avventure di Aymé Leboeuf

281 Concetto Marchesi. Il libro di Tersite
282 Lorenza Mazzetti. Il cielo cade
283 Marcella Olschki. Terza liceo 1939
284 Maria Occhipinti. Una donna di Ragusa
285 Steno. Sotto le stelle del '44
286 Antonio Tosti. Cri-Kri
287 Daniel Defoe. La vita e le imprese di Sir Walter Raleigh
288 Ronan Sheehan. Il ragazzo con la ferita all'occhio
289 Marcella Cioni. La corimante
290 Marcella Cioni. Il Narciso di Rembrandt
291 Colette. La gatta
292 Carl Djerassi. Il futurista e altri racconti
293 Voltaire. Lettere d'amore alla nipote
294 Tacito. La Germania
295 Friedrich Glauser. Oltre il muro
296 Louise de Vilmorin. I gioielli di Madame de ***
297 Walter De la Mare. La tromba
298 Else Lasker-Schüler. La gatta rossa
299 Cesare De Marchi. La malattia del commissario
300
301 Zlatko Dizdarević. Giornale di guerra
302 Giuseppe Di Lello. Giudici
303 Andrea Camilleri. La forma dell'acqua
304 Andrea Camilleri. La stagione della caccia
305 Robert Louis Stevenson. Lettera al dottor Hyde
306 Robert Louis Stevenson. Weir di Hermiston
307 Dashiell Hammett. La ragazza dagli occhi d'argento
308 Carlo Bini. Manoscritto di un prigioniero
309 Vittorio Alfieri. Mirandomi in appannato specchio
310 Silvio d'Amico. Regina Coeli
311 Manuel Vázquez Montalbán. Il pianista
312 Ugo Pirro. Osteria dei pittori
313 Irene Brin. Cose viste 1938-1939
314 Enrique Vila-Matas. Suicidi esemplari
315 Sergio Pitol. La vita coniugale
316 Luis G. Martín. Gli oscuri
317 William Somerset Maugham. La villa sulla collina
318 James Barlow. Torno presto
319 Israel Zangwill. Il grande mistero di Bow
320 Pierluigi Celli. Il manager avveduto
321 Renato Serra. Esame di coscienza di un letterato
322 Sulayman Fayyad. Voci
323 Alessandro Defilippi. Una lunga consuetudine
324 Giuseppe Bonaviri. Il dottor Bilob
325 Antonio Tabucchi. Gli ultimi tre giorni di Fernando Pessoa
326 Denis Diderot. Il sogno di d'Alembert. Seguito da Il sogno di una rosa di Eugenio Scalfari
327 Marc Soriano. La settimana della cometa
328 Sebastiano Addamo. Non si fa mai giorno

329 Giovanni Ferrara. Il senso della notte
330 Eduardo Rebulla. Segni di fuoco
331 Andrea Camilleri. Il birraio di Preston
332 Isabelle, Véronique e Marc Soriano. Il Testamour o dei rimedi alla malinconia
333 Maurice Druon. Il bambino dai pollici verdi
334 George Meredith. Il racconto di Cloe
335 Sergio Marzorati. Ritorno a Zagabria
336 Enrico Job. Il pittore felice
337 Laura Pariani. Il pettine
338 Marco Ferrari. Alla rivoluzione sulla Due Cavalli
339 Luisa Adorno. Come a un ballo in maschera
340 Daria Galateria. Il tè a Port-Royal
341 James Hilton. Orizzonte perduto
342 Henry Rider Haggard. Lei
343 Henry Rider Haggard. Il ritorno di Lei
344 Maurizio Valenzi. C'è Togliatti!
345 Laura Pariani. La spada e la luna
346 Michele Perriera. Delirium cordis
347 Marisa Fenoglio. Casa Fenoglio
348 Friedrich Glauser. Morfina
349 Annie Messina. La principessa e il wâlî
350 Giovanni Ferrara. La sosta
351 Romain Colomb. Stendhal, mio cugino
352 Vito Piazza. Milanesi non si nasce
353 Marco Denevi. Rosaura alle dieci
354 Robert Louis Stevenson. Ricordo di Fleeming Jenkin
355 Andrea Camilleri. Il cane di terracotta
356 Francesco Bacone. Saggi
357 Wilkie Collins. Testimone d'accusa
358 Santo Piazzese. I delitti di via Medina-Sidonia
359 Patricia Highsmith. La casa nera
360 Racconti gialli
361 L'almanacco del delitto
362 Baronessa Orczy. Il vecchio nell'angolo
363 Jean Giono. La fine degli eroi
364 Carlo Lucarelli. Via delle Oche
365 Sergio Atzeni. Bellas mariposas
366 José Martí. Il processo Guiteau
367 Marcella Olschki. Oh, America!
368 Franco Vegliani. La frontiera
369 Maria Messina. Pettini-fini
370 Maria Messina. Le briciole del destino
371 Maria Messina. Il guinzaglio
372 Gesualdo Bufalino. La luce e il lutto
373 Christopher Morley. La macchina da scrivere
374 Andrea Camilleri. Il ladro di merendine
375 Pino Di Silvestro. Le epigrafi di Leonardo Sciascia
376 Francis Scott Fitzgerald. La crociera del Rottame Vagante
377 Franz Kafka. Sogni

378 Andrea Camilleri. Un filo di fumo
379 Annie Messina. Il banchetto dell'emiro
380 Lucio Anneo Seneca. Alla madre
381 Tommaso Di Ciaula. Acque sante, acque marce
382 Giovanni Papapietro. L'amica di mia madre
383 Ignazio Buttitta. La vera storia di Salvatore Giuliano
384 Giovanni di Alta Selva. Dolopato ovvero Il re e i sette sapienti
385 Andrea Camilleri. La bolla di componenda
386 Daphne du Maurier. Non voltarti
387 Daphne du Maurier. Gli uccelli
388 Daphne du Maurier. L'alibi
389 Julia Kristeva. Una donna decapitata
390 Alessandro Perissinotto. L'anno che uccisero Rosetta
391 Maurice Leblanc. Arsène Lupin contro la Mafia
392 Carolyn G. Hart. Morte in libreria
393 Fabrizio Canfora, Gotthold Ephraim Lessing. L'educazione del genere umano
394 Maria Messina. Ragazze siciliane
395 Maria Messina. Piccoli gorghi
396 Federico De Roberto. La sorte
397 Federico De Roberto. Processi verbali
398 Andrea Camilleri. La strage dimenticata
399 Andrea Camilleri. Il gioco della mosca
400
401 Andrea Camilleri. La voce del violino
402 Goliarda Sapienza. Lettera aperta
403 Marisa Fenoglio. Vivere altrove
404 Luigi Filippo d'Amico. Il cappellino
405 Irvine Welsh. La casa di John il Sordo
406 Giovanni Ferrara. La visione
407 Andrea Camilleri. La concessione del telefono
408 Antonio Tabucchi. La gastrite di Platone
409 Giuseppe Pitrè, Leonardo Sciascia. Urla senza suono. Graffiti e disegni dei prigionieri dell'Inquisizione
410 Tullio Pinelli. La casa di Robespierre
411 Mathilde Mauté. Moglie di Verlaine
412 Maria Messina. Personcine
413 Pierluigi Celli. Addio al padre
414 Santo Piazzese. La doppia vita di M. Laurent
415 Luciano Canfora. La lista di Andocide
416 D. J. Taylor. L'accordo inglese
417 Roberto Bolaño. La letteratura nazista in America
418 Rodolfo Walsh. Variazioni in rosso
419 Penelope Fitzgerald. Il fiore azzurro
420 Gaston Leroux. La poltrona maledetta
421 Maria Messina. Dopo l'inverno
422 Maria Cristina Faraoni. I giorni delle bisce nere
423 Andrea Camilleri. Il corso delle cose
424 Anthelme Brillat-Savarin. Fisiologia del gusto
425 Friedrich Christian Delius. La passeggiata da Rostock a Siracusa

426 Penelope Fitzgerald. La libreria
427 Boris Vian. Autunno a Pechino
428 Marco Ferrari. Ti ricordi Glauber
429 Salvatore Nicosia. Peppe Radar
430 Sergej Dovlatov. Straniera
431 Marco Ferrari. I sogni di Tristan
432 Ignazio Buttitta. La mia vita vorrei scriverla cantando
433 Sergio Atzeni. Raccontar fole
434 Leonardo Sciascia. Fatti diversi di storia letteraria e civile
435 Luisa Adorno. Sebben che siamo donne...
436 Philip K. Dick. Le tre stimmate di Palmer Eldritch
437 Philip K. Dick. Tempo fuori luogo
438 Adriano Sofri. Piccola posta
439 Jorge Ibargüengoitia. Due delitti
440 Rex Stout. Il guanto
441 Marco Denevi. Assassini dei giorni di festa
442 Margaret Doody. Aristotele detective
443 Noël Calef. Ascensore per il patibolo
444 Marie Belloc Lowndes. Il pensionante
445 Celia Dale. In veste di agnello
446 Ugo Pirro. Figli di ferroviere
447 Penelope Fitzgerald. L'inizio della primavera
448 Giuseppe Pitrè. Goethe in Palermo
449 Sergej Dovlatov. La valigia
450 Giulia Alberico. Madrigale
451 Eduardo Rebulla. Sogni d'acqua
452 Maria Attanasio. Di Concetta e le sue donne
453 Giovanni Verga. Felis-Mulier
454 Friedrich Glauser. La negromante di Endor
455 Ana María Matute. Cavaliere senza ritorno
456 Roberto Bolaño. Stella distante
457 Ugo Cornia. Sulla felicità a oltranza
458 Maurizio Barbato. Thomas Jefferson o della felicità
459 Il compito di latino. Nove racconti e una modesta proposta
460 Giuliana Saladino. Romanzo civile
461 Madame d'Aulnoy. La Bella dai capelli d'oro e altre fiabe
462 Andrea Camilleri. La gita a Tindari
463 Sergej Dovlatov. Compromesso
464 Thomas Hardy. Piccole ironie della vita
465 Luciano Canfora. Un mestiere pericoloso
466 Gian Carlo Fusco. Le rose del ventennio
467 Nathaniel Hawthorne. Lo studente
468 Alberto Vigevani. La febbre dei libri
469 Dezső Kosztolányi. Allodola
470 Joan Lindsay. Picnic a Hanging Rock
471 Manuel Puig. Una frase, un rigo appena
472 Penelope Fitzgerald. Il cancello degli angeli
473 Marcello Sorgi. La testa ci fa dire. Dialogo con Andrea Camilleri
474 Pablo De Santis. Lettere e filosofia

475 Alessandro Perissinotto. La canzone di Colombano
476 Marta Franceschini. La discesa della paura
477 Margaret Doody. Aristotele e il giavellotto fatale
478 Osman Lins. L'isola nello spazio
479 Alicia Giménez-Bartlett. Giorno da cani
480 Josephine Tey. La figlia del tempo
481 Manuel Puig. The Buenos Aires Affair
482 Silvina Ocampo. Autobiografia di Irene
483 Louise de Vilmorin. La lettera in un taxi
484 Marinette Pendola. La riva lontana
485 Camilo Castelo Branco. Amore di perdizione
486 Pier Antonio Quarantotti Gambini. L'onda dell'incrociatore
487 Sergej Dovlatov. Noialtri
488 Ugo Pirro. Le soldatesse
489 Berkeley, Dorcey, Healy, Jordan, MacLaverty, McCabe, McGahern, Montague, Morrissy, Ó Cadhain, Ó Dúill, Park, Redmond. Irlandesi
490 Di Giacomo, Dossi, Moretti, Neera, Negri, Pariani, Pirandello, Prosperi, Scerbanenco, Serao, Tozzi. Maestrine. Dieci racconti e un ritratto
491 Margaret Doody. Aristotele e la giustizia poetica
492 Theodore Dreiser. Un caso di coscienza
493 Roberto Bolaño. Chiamate telefoniche
494 Aganoor, Bernardini, Contessa Lara, Guglielminetti, Jolanda, Prosperi, Regina di Luanto, Serao, Térésah, Vertua Gentile. Tra letti e salotti
495 Antonio Pizzuto. Si riparano bambole
496 Paola Pitagora. Fiato d'artista
497 Vernon Lee. Dionea e altre storie fantastiche
498 Ugo Cornia. Quasi amore
499 Luigi Settembrini. I Neoplatonici
500
501 Alessandra Lavagnino. Una granita di caffè con panna
502 Prosper Mérimée. Lettere a una sconosciuta
503 Le storie di Giufà
504 Giuliana Saladino. Terra di rapina
505 Guido Gozzano. La signorina Felicita e le poesie dei «Colloqui»
506 Ackworth, Forsyth, Harrington, Holding, Melyan, Moyes, Rendell, Stoker, Vickers, Wells, Woolf, Zuroy. Il gatto di miss Paisley. Dodici racconti gialli con animali
507 Andrea Camilleri. L'odore della notte
508 Dashiell Hammett. Un matrimonio d'amore
509 Augusto De Angelis. Il mistero delle tre orchidee
510 Wilkie Collins. La follia dei Monkton
511 Pablo De Santis. La traduzione
512 Alicia Giménez-Bartlett. Messaggeri dell'oscurità
513 Elisabeth Sanxay Holding. Una barriera di vuoto
514 Gian Mauro Costa. Yesterday
515 Renzo Segre. Venti mesi
516 Alberto Vigevani. Estate al lago
517 Luisa Adorno, Daniele Pecorini-Manzoni. Foglia d'acero
518 Gian Carlo Fusco. Guerra d'Albania

519 Alejo Carpentier. Il secolo dei lumi
520 Andrea Camilleri. Il re di Girgenti
521 Tullio Kezich. Il campeggio di Duttogliano
522 Lorenzo Magalotti. Saggi di naturali esperienze
523 Angeli, Bazzero, Contessa Lara, De Amicis, De Marchi, Deledda, Di Giacomo, Fleres, Fogazzaro, Ghislanzoni, Marchesa Colombi, Molineri, Pascoli, Pirandello, Tarchetti. Notti di dicembre. Racconti di Natale dell'Ottocento
524 Lionello Massobrio. Dimenticati
525 Vittorio Gassman. Intervista sul teatro
526 Gabriella Badalamenti. Come l'oleandro
527 La seduzione nel Celeste Impero
528 Alicia Giménez-Bartlett. Morti di carta
529 Margaret Doody. Gli alchimisti
530 Daria Galateria. Entre nous
531 Alessandra Lavagnino. Le bibliotecarie di Alessandria
532 Jorge Ibargüengoitia. I lampi di agosto
533 Carola Prosperi. Eva contro Eva
534 Viktor Šklovskij. Zoo o lettere non d'amore
535 Sergej Dovlatov. Regime speciale
536 Chiusole, Eco, Hugo, Nerval, Musil, Ortega y Gasset. Libri e biblioteche
537 Rodolfo Walsh. Operazione massacro
538 Turi Vasile. La valigia di fibra
539 Augusto De Angelis. L'Albergo delle Tre Rose
540 Franco Enna. L'occhio lungo
541 Alicia Giménez-Bartlett. Riti di morte
542 Anton Čechov. Il fiammifero svedese
543 Penelope Fitzgerald. Il Fanciullo d'oro
544 Giorgio Scerbanenco. Uccidere per amore
545 Margaret Doody. Aristotele e il mistero della vita
546 Gianrico Carofiglio. Testimone inconsapevole
547 Gilbert Keith Chesterton. Come si scrive un giallo
548 Giulia Alberico. Il gioco della sorte
549 Angelo Morino. In viaggio con Junior
550 Dorothy Wordsworth. I diari di Grasmere
551 Giles Lytton Strachey. Ritratti in miniatura
552 Luciano Canfora. Il copista come autore
553 Giuseppe Prezzolini. Storia tascabile della letteratura italiana
554 Gian Carlo Fusco. L'Italia al dente
555 Marcella Cioni. La porta tra i delfini
556 Marisa Fenoglio. Mai senza una donna
557 Ernesto Ferrero. Elisa
558 Santo Piazzese. Il soffio della valanga
559 Penelope Fitzgerald. Voci umane
560 Mary Cholmondeley. Il gradino più basso
561 Anthony Trollope. L'amministratore
562 Alberto Savinio. Dieci processi
563 Guido Nobili. Memorie lontane
564 Giuseppe Bonaviri. Il vicolo blu
565 Paolo D'Alessandro. Colloqui

566 Alessandra Lavagnino. I Daneu. Una famiglia di antiquari
567 Leonardo Sciascia scrittore editore ovvero La felicità di far libri
568 Alexandre Dumas. Ascanio
569 Mario Soldati. America primo amore
570 Andrea Camilleri. Il giro di boa
571 Anatole Le Braz. La leggenda della morte
572 Penelope Fitzgerald. La casa sull'acqua
573 Sergio Atzeni. Gli anni della grande peste
574 Roberto Bolaño. Notturno cileno
575 Alicia Giménez-Bartlett. Serpenti nel Paradiso
576 Alessandro Perissinotto. Treno 8017
577 Augusto De Angelis. Il mistero di Cinecittà
578 Françoise Sagan. La guardia del cuore
579 Gian Carlo Fusco. Gli indesiderabili
580 Pierre Boileau, Thomas Narcejac. La donna che visse due volte
581 John Mortimer. Avventure di un avvocato
582 François Fejtö. Viaggio sentimentale
583 Pietro Verri. A mia figlia
584 Toni Maraini. Ricordi d'arte e prigionia di Topazia Alliata
585 Andrea Camilleri. La presa di Macallè
586 Guillaume Prévost. I sette delitti di Roma
587 Margaret Doody. Aristotele e l'anello di bronzo
588 Guido Gozzano. Fiabe e novelline
589 Gaetano Savatteri. La ferita di Vishinskij
590 Gianrico Carofiglio. Ad occhi chiusi
591 Ana María Matute. Piccolo teatro
592 Mario Soldati. I racconti del Maresciallo
593 Benedetto Croce. Luisa Sanfelice e la congiura dei Baccher
594 Roberto Bolaño. Puttane assassine
595 Giorgio Scerbanenco. La mia ragazza di Magdalena
596 Elio Petri. Roma ore 11
597 Raymond Radiguet. Il ballo del conte d'Orgel
598 Penelope Fitzgerald. Da Freddie
599 Poesia dell'Islam
600
601 Augusto De Angelis. La barchetta di cristallo
602 Manuel Puig. Scende la notte tropicale
603 Gian Carlo Fusco. La lunga marcia
604 Ugo Cornia. Roma
605 Lisa Foa. È andata così
606 Vittorio Nisticò. L'Ora dei ricordi
607 Pablo De Santis. Il calligrafo di Voltaire
608 Anthony Trollope. Le torri di Barchester
609 Mario Soldati. La verità sul caso Motta
610 Jorge Ibargüengoitia. Le morte
611 Alicia Giménez-Bartlett. Un bastimento carico di riso
612 Luciano Folgore. La trappola colorata
613 Giorgio Scerbanenco. Rossa
614 Luciano Anselmi. Il palazzaccio

615 Guillaume Prévost. L'assassino e il profeta
616 John Ball. La calda notte dell'ispettore Tibbs
617 Michele Perriera. Finirà questa malìa?
618 Alexandre Dumas. I Cenci
619 Alexandre Dumas. I Borgia
620 Mario Specchio. Morte di un medico
621 Giorgio Frasca Polara. Cose di Sicilia e di siciliani
622 Sergej Dovlatov. Il Parco di Puškin
623 Andrea Camilleri. La pazienza del ragno
624 Pietro Pancrazi. Della tolleranza
625 Edith de la Héronnière. La ballata dei pellegrini
626 Roberto Bassi. Scaramucce sul lago Ladoga
627 Alexandre Dumas. Il grande dizionario di cucina
628 Eduardo Rebulla. Stati di sospensione
629 Roberto Bolaño. La pista di ghiaccio
630 Domenico Seminerio. Senza re né regno
631 Penelope Fitzgerald. Innocenza
632 Margaret Doody. Aristotele e i veleni di Atene
633 Salvo Licata. Il mondo è degli sconosciuti
634 Mario Soldati. Fuga in Italia
635 Alessandra Lavagnino. Via dei Serpenti
636 Roberto Bolaño. Un romanzetto canaglia
637 Emanuele Levi. Il giornale di Emanuele
638 Maj Sjöwall, Per Wahlöö. Roseanna
639 Anthony Trollope. Il Dottor Thorne
640 Studs Terkel. I giganti del jazz
641 Manuel Puig. Il tradimento di Rita Hayworth
642 Andrea Camilleri. Privo di titolo
643 Anonimo. Romanzo di Alessandro
644 Gian Carlo Fusco. A Roma con Bubù
645 Mario Soldati. La giacca verde
646 Luciano Canfora. La sentenza
647 Annie Vivanti. Racconti americani
648 Piero Calamandrei. Ada con gli occhi stellanti. Lettere 1908-1915
649 Budd Schulberg. Perché corre Sammy?
650 Alberto Vigevani. Lettera al signor Alzheryan
651 Isabelle de Charrière. Lettere da Losanna
652 Alexandre Dumas. La marchesa di Ganges
653 Alexandre Dumas. Murat
654 Constantin Photiadès. Le vite del conte di Cagliostro
655 Augusto De Angelis. Il candeliere a sette fiamme
656 Andrea Camilleri. La luna di carta